Joseph Conrad

Jugend

Gaspar Ruiz

Zwei Erzählungen

Übersetzt von Ernst Wolfgang Freissler

Joseph Conrad: Jugend / Gaspar Ruiz. Zwei Erzählungen

Übersetzt von Ernst Wolfgang Freissler.

Jugend:
    Youth. Entstanden 1898. Erstdruck September 1898 in »Blackwood's
    Magazine«.
Gaspar Ruiz:
    Gaspar Ruiz. Entstanden 1904-1905. Erstdruck 1906 in »The Strand
    Magazine«.

Neuausgabe
Herausgegeben von Karl-Maria Guth
Berlin 2016

Umschlaggestaltung von Thomas Schultz-Overhage unter Verwendung
des Bildes: Jean-Francois Millet, Portrait eines Marineoffiziers, um 1850

Gesetzt aus der Minion Pro, 11 pt

Verlag: Henricus - Edition Deutsche Klassik GmbH
Mörchinger Str. 33, 14169 Berlin, info@henricus-verlag.de
Druck: Libri Plureos GmbH, Friedensallee 273, 22763 Hamburg

ISBN 978-3-86199-808-2

Bibliografische Information der Deutschen Nationalbibliothek

Die Deutsche Nationalbibliothek verzeichnet diese Publikation in der
Deutschen Nationalbibliografie; detaillierte bibliografische Daten sind
im Internet über www.dnb.de abrufbar.

Jugend

Diese Geschichte hätte sich nirgends sonst als in England abspielen können, wo die Männer und die See einander gegenseitig durchdringen, sozusagen – indem die See in das Leben der meisten Männer hineinspielt und jeder Mann ein wenig oder alles von der See weiß, vom Vergnügen, vom Reisen oder vom Broterwerb her.

Wir saßen rund um einen Mahagonitisch, der die Flasche, die Spitzgläser und unsere Gesichter widerspiegelte, die wir auf die Ellbogen gestützt hielten. Wir waren zu fünft: der Direktor einer Handelsgesellschaft, ein Buchhalter, ein Rechtsanwalt, Marlow und ich. Der Direktor war an der Küste aufgewachsen, der Buchhalter hatte vier Jahre zur See gedient, der Rechtsanwalt – ein Tory vom reinsten Wasser, ein Anhänger der Hochkirche, der feinste alte Knabe, der sich denken läßt, dazu ein Ehrenmann durch und durch – der Rechtsanwalt also war Erster Offizier bei der P.&O.-Linie gewesen, in den guten alten Tagen, als noch die Postdampfer auf mindestens zwei Masten mit Rahen getakelt waren und das Chinesische Meer vor einem kräftigen Monsun unter vollen Lee-Segeln herunterzulaufen pflegten. Wir alle hatten unsere Laufbahn in der Handelsmarine begonnen. Die See hielt uns zusammen wie ein starkes Band, und hinzu kam noch ein seemännisches Gemeinschaftsgefühl, wie es keine noch so hohe Begeisterung für Wettsegeln, Kreuzen oder ähnlichen Sport erzeugen kann; denn diese umfaßt immer nur ein Beiwerk des Lebens, jenes aber das Leben selbst.

Marlow (ich denke wenigstens, daß er sich so schrieb) erzählte uns die Geschichte einer Reise:

»Ja, ich habe ein wenig von den östlichen Meeren gesehen; am besten aber erinnere ich mich doch an meine erste Reise dahin. Ihr alle wißt ja, daß es Reisen gibt, die wie erläuternde Beispiele zu diesem Leben wirken, ja, wie das Sinnbild des Lebens überhaupt. Da kämpft man, arbeitet, schwitzt, bringt sich beinahe, manchmal auch ganz um, immer in dem Bestreben, irgendwas durchzuführen – das man dann doch nicht fertigbringt. Nicht aus eigenem Verschulden. Man kann nur einfach nichts vollenden, nichts Großes und nichts Kleines – kein Ding auf dieser Welt; nicht einmal eine alte Jungfer heiraten, oder eine Ladung von lumpigen sechshundert Tonnen Kohle in ihren Bestimmungshafen bringen.

Die Sache war in jeder Hinsicht bemerkenswert. Es war meine erste Reise nach dem Osten, und meine erste Reise als Zweiter Offizier; es war auch das erste Kommando meines Kapitäns. Ihr werdet zugeben, daß es an der Zeit war, wenn ich euch sage, daß er immerhin sechzig Jahre alt war; ein kleiner Mann mit breitem, nicht sonderlich geradem Rücken, mit gebeugten Schultern und gewaltigen Säbelbeinen; er sah förmlich krummgezogen aus, wie man es häufig bei Leuten findet, die Feldarbeit tun. Sein Nußknackergesicht – Kinn und Nase suchten einander über dem eingesunkenen Mund zu begegnen – war von eisengrauem, flaumigem Haar umrahmt, das wie ein baumwollenes Sturmband aussah, von Kohlenstaub überfleckt. Und ein Paar blaue Augen standen in seinem alten Gesicht, die ganz erstaunlich jungenhaft blickten, mit dem unschuldigen Ausdruck, den manchmal ganz gewöhnliche Leute bis an das Ende ihrer Tage bewahren, einfach zufolge der seltenen Gabe ihrer Herzenseinfalt und Geradheit. Was ihn bewogen haben mag, mich anzunehmen, war mir ein Rätsel. Ich kam von einem prächtigen australischen Schnellsegler, wo ich Dritter Offizier gewesen war, und er schien gegen Schnellsegler – als aristokratisch und übervornehm – ein Vorurteil zu haben. Er sagte mir: ›Verstehen Sie mich recht – auf diesem Schiff hier werden Sie arbeiten müssen!‹ Ich antwortete ihm, daß ich noch auf jedem Schiff, auf dem ich je gewesen, hätte arbeiten müssen. – ›Ah, aber dies hier ist grundverschieden, und ihr feinen Herren von den großen Schiffen … Aber, na, ich hoffe, Sie werden sich machen! Treten Sie morgen an!‹

Ich trat also am nächsten Tage an. Das ist nun zweiundzwanzig Jahre her; und ich war eben zwanzig. Wie die Zeit vergeht! Es war einer der schönsten Tage meines Lebens. Denkt euch doch – frischgebackener Zweiter – richtig verantwortlicher Offizier! Ich hätte mein neues Patent nicht um ein Vermögen hergegeben. Der Erste musterte mich genau. Er war auch ein alter Knabe, doch von anderer Prägung. Er hatte eine römische Nase, einen schneeweißen langen Bart und hieß Mahon, bestand aber darauf, daß man den Namen ›Mann‹ aussprechen sollte. Er hatte gute Beziehungen, doch fehlte es ihm wohl an Glück, und so war er nie weitergekommen.

Was nun den Kapitän angeht, so hatte der jahrelang auf Küstenfahrern, dann im Mittelmeer und schließlich auf der westindischen Route gedient. Um das Kap war er nie herumgekommen, konnte zur Not in einer kratzigen Klaue schreiben und legte keinen Wert darauf, überhaupt zu schreiben. Beide waren sehr tüchtige Seeleute, wie nicht anders zu erwarten, und ich kam mir zwischen den beiden Alten vor wie ein kleiner Junge zwischen zwei Großvätern.

Auch das Schiff war alt. Es hieß *Judea* – komischer Name, nicht; und gehörte einem Manne namens Wilmer, Wilcox ... irgendwas der Art; aber er hat Bankrott gemacht und ist gestorben, vor zwanzig oder mehr Jahren, und so tut sein Name nichts zur Sache. Die Bark war endlos lange im Shadwell Dock aufgelegt gewesen, und ihr könnt euch ihren Zustand vorstellen. Sie war über und über voll Rost, Staub und Schmutz; die Takelung verrußt, das Deck förmlich überkrustet. Für mich war es ungefähr so, als wäre ich aus einem Palast in ein verfallenes Bauernhaus gekommen. Sie hatte etwa vierhundert Tonnen, ein altmodisches Anker-spill, Holzklinken an den Türen, kein kleinstes Stück Messing auf sich, und ein mächtiges, plattes Heck. Darauf stand in großen Lettern ihr Name; darunter war eine Menge Schnitzwerk angebracht, von dem die Vergoldung abgegangen war und das eine Art Wappen mit dem Wahl-spruch umgab: ›Halt aus oder stirb!‹ Ich erinnere mich noch, wie stark es meine Einbildungskraft gefangennahm. Ein Schimmer von Romantik lag darüber, etwas, das mich das alte Ding lieben ließ, – das mein junges Herz ergriff!

Wir verließen London in Ballast – Sandballast –, um in einem nörd-lichen Hafen eine Ladung Kohlen für Bangkok einzunehmen. Bangkok! Ich fieberte förmlich! Ich war sechs Jahre zur See gewesen, hatte aber nur Melbourne und Sydney gesehen, sehr nette Orte, entzückende Orte in ihrer Art – aber Bangkok!

Wir arbeiteten uns unter Segeln aus der Themse hinaus, mit einem Nordseelotsen an Bord. Er hieß Jermyn und drückte sich den ganzen lieben Tag in der Kombüse herum, wo er sein Taschentuch vor dem Ofen trocknete. Anscheinend schlief er nie. Er war ein trübseliger Mann, dem eine ewige Träne an der Nasenspitze glitzerte und der entweder Unglück gehabt hatte oder noch hatte oder welches erwartete –, der kurzum nicht glücklich war, wenn nicht irgendwas schief ging. Er mißtraute meiner Jugend, meinem gesunden Menschenverstand und meinen seemännischen Fähigkeiten und ließ es sich angelegen sein, mir das auf hundert kleine Arten zu zeigen. Ich möchte fast glauben, daß er recht hatte. Mir scheint, ich wußte damals recht wenig und weiß heute nicht viel mehr; doch fühle ich bis zum heutigen Tage eitlen Haß gegen diesen Jermyn.

Wir brauchten eine Woche, um bis nach Yarmouth Roads hinaufzukommen, und dann gerieten wir in ein Unwetter – den berüchtigten Oktobersturm von vor zweiundzwanzig Jahren. Wind, Blitze, Hagel, Schnee und eine fürchterliche See. Wir waren zu leicht beladen, und ihr könnt euch vorstellen, wie schlimm es war, wenn ich euch sage, daß wir das Schanzkleid zertrümmert und das Deck unter Wasser hatten. In der zweiten Nacht rutschte der Ballast voraus nach Lee, und damals waren wir schon irgendwohin in die Nähe der Dogger-Bank verschlagen. Da gab es nichts anderes als: hinunter, mit Schaufeln, und versuchen, sie aufzurichten. Da waren wir also in dem weiten Laderaum, düster wie eine Höhle; die paar Lichter flackerten auf den Balkenenden, der Sturm heulte über uns, und das Schiff torkelte auf der Seite liegend wie verrückt dahin; da waren wir alle, Jermyn, der Kapitän, jeder einzelne, kaum imstande, auf den Füßen zu bleiben; alle hart bei der Totengräberarbeit, feuchten Sand schaufelweise nach Luv hinüberzuwerfen. Bei jedem Rollen des Schiffes konnte man in dem trüben Licht Männer zwischen blitzenden Schaufeln niederstürzen sehen. Einer von den Schiffsjungen (wir hatten zwei), bedrückt von der Schauerlichkeit der Szene, weinte herzbrechend. Wir konnten ihn irgendwo im Dunkeln schluchzen hören.

Am dritten Tage flaute der Sturm ab, und schließlich nahm uns ein Schlepper aus dem Norden auf. Wir brauchten insgesamt sechzehn Tage von London bis zum Tyne! Als wir endlich ins Dock kamen, hatten wir unsere Ladefrist versäumt, und man verwies uns auf einen Platz, wo wir einen Monat liegenblieben. Frau Beard (der Kapitän hieß Beard) kam von Colchester, um den Alten zu sehen. Sie lebte an Bord. Die Mannschaft war davongegangen, und es waren nur die Offiziere zurückgeblieben, ein Schiffsjunge und der Steward, ein Mulatte, der auf den Namen Abraham hörte. Frau Beard war eine alte Frau mit einem Gesicht ganz runzelig und faltig wie ein Winterapfel und mit der Figur eines jungen Mädels. Sie überraschte mich einmal dabei, wie ich mir einen Knopf annähte, und bestand darauf, meine Hemden zum Ausbessern zu bekommen. Das war freilich was andres, als ich es bisher von Kapitänsfrauen auf den Schnellseglern gewohnt war. Als ich ihr die Hemden brachte, sagte sie: ›Und die Socken? Die brauchen das Stopfen sicher auch, und Johns – Kapitän Beards – Sachen sind nun alle in Ordnung. Ich freue mich, wenn ich etwas zu tun bekomme‹. Gott segne die alte Dame. Sie sah meine ganze Ausstattung nach, und unterdessen las ich zum ersten Male ›Sartor Resartus‹ und Burnabys ›Ritt nach Khiva‹. Von dem ersten verstand ich damals nicht viel; doch zog ich, wie ich mich erinnere, den Soldaten dem Philosophen vor. Eine Vorliebe, die mein weiteres Leben nur verstärkt hat. Der eine war ein Mann, und der andere war entweder mehr – oder weniger. Doch so oder so – sie sind beide tot, und Frau Beard ist tot, und Jugend, Kraft, Genie, tiefe Gedanken, große Taten, einfältige Herzen – alles muß sterben … Macht nichts.

Schließlich kamen wir zum Laden. Wir heuerten eine Mannschaft an. Acht Vollmatrosen und zwei Jungen. Eines Abends gingen wir an die Bojen bei den Docktoren, klar zum Auslaufen und mit der ziemlich sicheren Aussicht, die Reise am nächsten Tage zu beginnen. Frau Beard sollte mit einem Nachtzuge heimfahren. Sobald das Schiff festgemacht war, setzten wir uns zum Tee. Wir – Mahon, das alte Ehepaar und ich – zeigten keine Lust zum Reden. Ich war zuerst fertig und verzog mich, um ein wenig zu rauchen; meine Kabine lag in einem Deckhaus hart an der Hütte. Es war Flut, Sprühregen in der Luft, dazu blies eine scharfe Brise; die Doppeltore des Docks standen offen, und die Kohlenschiffe dampften in der Dunkelheit mit grellen Signallichtern ein und aus, unter großem Geplätscher der Schrauben, dem Rasseln der Winden und mächtigem Geschrei auf den Quais. Ich sah der langen Reihe der Topplaternen zu, die hoch oben, und der grünen Seitenlichter, die niedrig durch die Nacht hinglitten, als plötzlich ein roter Schein vor mir aufblitzte, verschwand, wieder auftauchte und stehenblieb. Der Bug eines Dampfers zeichnete sich in nächster Nähe ab. Ich brüllte in die Kajüte hinunter: ›Kommt herauf, schnell!‹ und hörte gleich darauf eine erschreckte Stimme weiterab im Dunkeln sagen: ›Stoppen Sie, Herr!‹ Eine Glocke schrillte. Eine andere Stimme rief warnend: ›Wir rennen kerzengerade in die Bark da hinein!‹ Die Antwort hierauf war ein brummiges ›Schon recht‹, und unmittelbar danach kam ein schwerer Krach, während der Dampfer mit seinem breiten Bug unsere Fockwanten abstreifte. Es gab einen Augenblick der Verwirrung, mit Geschrei und Herumrennen. Dampf zischte. Dann hörte man jemand sagen: ›Alles klar, Herr!‹ – ›Seid ihr in Ordnung?‹ fragte die brummige Stimme. Ich war vorausgesprungen, um den Schaden zu besichtigen, und rief zurück: ›Ich denke!‹ – ›Langsam vorwärts!‹ sagte die brummige Stimme. Eine Glocke schrillte. ›Was für ein Dampfer ist das?‹ brüllte Mahon. Unterdessen erschien uns der Dampfer nur noch als ein klobiger Schatten, während er ein Stück weitab manövrierte. Sie brüllten uns einen Namen zu – irgendeinen Frauennamen, Miranda oder Melissa oder so was Ähnliches. ›Das bedeutet noch einen Monat mehr in dem verwünschten Nest hier‹, sagte mir Mahon, während wir mit Lampen das zersplitterte Schanzkleid und die gerissenen Brassen ableuchteten. ›Aber wo steckt der Kapitän?‹

Wir hatten die ganze Zeit über nichts von ihm gesehen oder gehört. Wir gingen achtern, um nachzusehen. Irgendwo von der Mitte des Docks her erhob sich eine klägliche Stimme: ›*Judea*, ahoi!‹ … Wie zum Teufel kam er dahin? … ›Hallo!‹ brüllten wir. – ›Ich treibe in unserem Boot ohne Ruder‹, rief er zurück. Ein verspäteter Jollenführer bot seine Dienste an, und Mahon handelte mit ihm aus, er sollte um eine halbe Guinee unseren Kapitän längsseits schleppen; doch war es Frau Beard, die zuerst die Leiter heraufkam. Die beiden waren in dem kalten Sprühregen fast eine Stunde lang im Dock herumgetrieben. Nie in meinem Leben war ich so überrascht.

Wie sich herausstellte, hatte er, sobald er mich ›Kommt herauf!‹ rufen hörte, sofort begriffen, worum es sich handelte, hatte seine Frau gepackt, war an Deck und quer hinüber zu unserem Boot gelaufen, das an der Leiter festlag. Nicht übel für einen Sechzigjährigen! Stellt euch nur den alten Burschen vor, der heldenmütig in seinen Armen die alte Frau rettete – die Frau seines Lebens. Er setzte sie auf eine Ruderbank und schickte sich an, an Bord zurückzuklettern, als die Fangleine irgendwie loskam und sie beide abtrieben. Natürlich hörten wir ihn in dem Trubel nicht rufen. Er sah niedergeschlagen aus. Sie sagte fröhlich: ›Nun, ich denke, es macht nichts aus, daß ich den Zug versäumt habe?‹ – ›Nein, Jenny – geh hinunter und wärm dich!‹ knurrte er. Dann zu uns: ›Ein Seemann soll sich mit keiner Frau abgeben, sage ich. Da war ich also fort vom Schiff. Na, diesmal hat es nichts auf sich gehabt. Sehen wir einmal nach, was der verteufelte Dampfer angerichtet hat.‹

Es war nicht viel, aber es hielt uns drei Wochen lang auf. Nach Ablauf dieser Zeit trug ich, da der Kapitän gerade mit seinen Maklern zu tun hatte, Frau Beards Koffer zum Bahnhof und setzte sie recht bequem in ein Abteil dritter Klasse. Sie ließ das Fenster herunter, um mir zu sagen: ›Sie sind ein netter junger Mann. Wenn Sie John – Kapitän Beard – nachts ohne seinen Schal sehen, dann erinnern Sie ihn doch in meinem Namen daran, daß er den Hals warmhalten soll!‹ – ›Gewiß, Frau Beard!‹ sagte ich. – ›Sie sind ein netter junger Mann; ich habe beobachtet, wie aufmerksam Sie gegen John – gegen Kapitän –‹ Der Zug fuhr plötzlich an; ich zog meine Mütze vor der alten Frau; ich habe sie nie wieder gesehen ... Reich die Flasche weiter! Am nächsten Tag gingen wir in See. Als wir so nach Bangkok aufbrachen, waren wir schon drei Monate von London fort. Wir hatten mit etwa vierzehn Tagen – allerhöchstens – gerechnet. Es war im Januar und das Wetter wunderschön – das herrliche, sonnige Winterwetter, das mehr Reiz hat als der Sommer, weil es unerwartet ist und herb, und man weiß, daß es unmöglich lange anhalten kann. Es ist wie ein Fallwind, wie Strandgut, wie ein unverhofftes Glück.

Es hielt die ganze Nordsee und den Kanal durch an und weiter noch, bis wir etwa dreihundert Meilen westlich von Kap Lizard waren. Dann sprang der Wind nach Südwest um und begann richtig zu pfeifen. Nach zwei Tagen hatten wir Sturm. Die *Judea*, beigedreht, rollte im Atlantischen wie eine Nußschale. Es blies Tag um Tag: schneidend, ohne Unterlaß, unbarmherzig. Die Welt war nichts als eine Unendlichkeit schäumender Wogen, die gegen uns anstürmten, unter einem Himmel, niedrig genug, daß man ihn mit der Hand greifen konnte, und schmutzig wie eine verrauchte Stubendecke. In dem sturmzerrissenen Raum rings um uns war ebensoviel Gischt wie Luft. Tag um Tag und Nacht um Nacht umtobte das Schiff das Heulen des Windes und der Wogen und das Donnern der Sturzseen auf Deck. Es gab keine Rast, weder für das Schiff noch für uns. Die Bark stampfte, schlingerte, stellte sich auf den Kopf, setzte sich auf den Stert, rollte, ächzte, und wir mußten uns festklammern, wenn wir auf Deck, und uns gegen die Kojen spreizen, wenn wir unter Deck waren, in ewiger Anspannung von Seele und Leib.

Eines Nachts sprach Mahon durch das kleine Fenster in meiner Koje. Es ging gerade in mein Bett, wo ich schlaflos lag, in Stiefeln und mit dem Gefühl, als hätte ich jahrelang nicht geschlafen und könnte es nicht mehr, wenn ich auch wollte. Er sagte aufgeregt: ›Haben Sie den Peilstock da, Marlow? Ich kann die Pumpen nicht zum Aussaugen bringen. Bei Gott, es ist kein Kinderspiel!‹

Ich gab ihm den Peilstock, legte mich wieder hin und versuchte allerlei zu denken – aber ich dachte nur an die Pumpen. Als ich auf Deck kam, waren sie immer noch dabei, und meine Wache löste an den Pumpen ab. Im Licht einer Laterne, die auf Deck gebracht worden war, um den Peilstock abzulesen, konnte ich ihre müden, ernsten Gesichter sehen. Wir pumpten die vollen vier Stunden durch. Wir pumpten die ganze

Nacht, den ganzen Tag, die ganze Woche – Wache um Wache. Die Bark arbeitete sich lose und leckte schlimm – nicht schlimm genug, um uns augenblicklich zu ersäufen, doch genug, um uns mit der Schinderei an den Pumpen umzubringen. Und während wir pumpten, ging das Schiff stückweise dahin: das Schanzkleid erst, dann die Stützen; die Ventilatoren wurden zerschlagen, die Kajütentür eingedrückt. Es gab kein trockenes Fleckchen mehr im ganzen Schiff. Alles wurde nach und nach überschwemmt. Das Langboot wurde wie durch Zauberei zu Brennholz, während es fest in den Bootskrabbern stand. Ich hatte es selbst festgelascht und war richtig stolz auf meine Handarbeit, die so lange den Tücken der See widerstanden hatte. Und wir pumpten. Und das Wetter änderte sich nicht. Die See war einfarbig weiß von Schaum, wie ein Kessel voll kochender Milch; kein Riß zeigte sich in den Wolken – kein handtellergroßer Riß – nicht zehn Sekunden lang. Keinen Himmel gab es für uns, keine Sterne, keine Sonne, keine Welt – nichts als böse Wolken und eine wütende See. Wir pumpten Wache um Wache ums liebe Leben; und es schien Monate, Jahre, eine ganze Ewigkeit zu währen, als wären wir alle gestorben und in eine Hölle für Seeleute verdammt worden. Wir vergaßen den Wochentag, den Namen des Monats, das Jahr, und daß wir je an Land gewesen waren. Die Segel wurden davongeweht, die Bark lag dwars unter einer Persenning, der Ozean strömte über sie weg, und wir achteten es nicht. Wir drehten an den Kurbeln und sahen wie die Idioten drein. Sobald wir auf Deck gekrochen waren, pflegte ich eine Tauschlinge um die Leute, die Pumpen und den Hauptmast zu legen, und wir drehten, drehten unaufhörlich, im Wasser bis zu den Hüften, bis zum Hals, über den Kopf. Es war alles eins. Wir hatten vergessen, wie es war, sich trocken zu fühlen.

Und irgendwo in mir lebte der Gedanke: Bei Gott, das ist ein verteufeltes Abenteuer – etwas, wie man es in Büchern liest; und es ist meine erste Reise als Zweiter Offizier – und ich bin erst zwanzig und beiße es durch wie nur einer und halte meine Kerls bei der Stange. Es gefiel mir. Ich hätte das Erlebnis nicht um die Welt missen mögen. Augenblicke lang jubelte ich sogar. Sooft die alte, abgetakelte Bark, mit der Gillung hoch in der Luft, aufstampfte, schien sie mir wie eine Klage, eine Herausforderung, wie einen Schrei zu den gnadenlosen Wolken die Worte emporzuschleudern, die auf ihrem Heck geschrieben standen: *Judea*, London. Halt aus oder stirb!‹

O Jugend! Ihre Kraft, ihre Gläubigkeit, ihre schönen Träume! Für mich war das Schiff kein alter Klapperkasten, der eine Ladung Kohle durch die Welt schleppte. Für mich verkörperte sich darin alles, was im Leben des höchsten Einsatzes wert sein konnte. Ich denke gerne an die Bark zurück, mit Liebe und Schmerz, wie an einen lieben Toten. Ich werde sie nie vergessen … Reich die Flasche weiter!

Eines Nachts, als wir wieder, wie ich schon sagte, an den Mast gebunden waren und pumpten, pumpten, betäubt vom Wind und zu zermürbt, um uns auch nur den Tod wünschen zu können, da also schlug eine schwere See über Bord und glatt über uns weg. Sobald ich wieder Luft schnappen konnte, brüllte ich pflichtgemäß: ›Haltet fest, Jungs!‹ und spürte dabei plötzlich, wie etwas Hartes, das auf Deck herumschwamm, gegen meine Wade stieß. Ich griff danach und verfehlte es. Es war so dunkel, daß wir einer des andern Gesicht keine Spanne weit sehen konnten, müßt ihr wissen.

Nach dem Krach hielt sich das Schiff eine Weile ruhig, und das Ding, was es auch sein mochte, stieß nochmals gegen mein Bein. Diesmal erwischte ich es – es war eine Kochpfanne. Im ersten Augenblick, übermüdet und nur mit dem Gedanken an die Pumpen im Kopf, begriff ich gar nicht, was ich in der Hand hielt. Plötzlich dämmerte es mir auf, und ich brüllte: ›Jungs, das Deckhaus ist über Bord. Laßt die Pumpen sein, und sehen wir nach dem Koch!‹

Vorn war ein Deckhaus, das die Kombüse, die Koje des Kochs und das Mannschaftslogis enthielt. Da wir seit Tagen damit gerechnet hatten, daß es weggerissen würde, war den Leuten befohlen worden, in der Kajüte zu schlafen, dem einzig sicheren Platz im Schiff. Der Steward, Abraham, aber beharrte darauf, in seiner Koje zu bleiben, stumpfsinnig wie ein Mulo – aus blanker Angst, denke ich mir, wie ein Tier, das sich weigert, einen Stall zu verlassen, der während eines Erdbebens einstürzt. So gingen wir also hin, um nach ihm zu sehen. Dabei setzten wir unser Leben aufs Spiel, denn sobald wir erst einmal unsere Umschnürung aufgegeben hatten, waren wir ebenso ungeschützt wie auf einem Floß. Aber wir gingen hin. Das Deckhaus war zertrümmert, als wäre eine Granate darin explodiert. Der Großteil war über Bord gegangen – der Ofen, das Quartier und alles Eigentum der Mannschaft, alles war dahin. Wie durch ein Wunder aber waren zwei Pfosten stehengeblieben, mit einem Stück Schott dazwischen, woran Abrahams Koje befestigt war. Wir wühlten in dem Trümmerwerk, stießen hierauf, und da saß er also in seiner Koje, zwischen Schaum und Trümmern, und babbelte vergnügt vor sich hin.

Er hatte den Verstand verloren, war richtig und unheilbar verrückt geworden; dieser letzte Stoß hatte seinen Lebensgeistern den Rest gegeben. Wir packten ihn zusammen, schleiften ihn nach achtern und stießen ihn kopfüber die Kajütentreppe hinunter. Ihr könnt euch wohl denken, daß keine Zeit war, ihn mit größter Sorgfalt hinunterzutragen und abzuwarten, wie er sich weiter machen würde. Die von der Freiwache würden ihn wohl am Fuß der Treppe zusammenklauben, dachten wir. Wir hatten es eilig, an die Pumpen zurückzukommen. Die Arbeit litt keinen Aufschub. Ein großes Leck ist eine unmenschliche Sache.

Man hätte glauben können, es sei der ganze Zweck dieses Mordssturms gewesen, den armen Teufel von Mulatten um den Verstand zu bringen. Noch vor dem Morgen ließ der Sturm nach, und am nächsten Tage klarte der Himmel auf, und sowie der Seegang nachließ, zog sich auch das Leck zu. Als neue Segel angeschlagen werden sollten, bestand die Mannschaft auf der Rückkehr, – und tatsächlich war nichts anderes zu tun. Die Boote dahin, das Deck reingefegt, die Kajüte unter Wasser, die Leute ohne einen Knopf, außer dem bißchen Zeug, das sie am Leibe hatten, die Vorräte verdorben, das Schiff überanstrengt. Wir setzten Kurs nach Hause, und – würdet ihr's glauben? – der Wind blies uns von Osten gerade ins Gesicht. Ein schöner, stetiger Gegenwind. Wir mußten Zoll um Zoll aufkreuzen, aber die Bark leckte nicht gar zu arg, weil die See ziemlich ruhig blieb. Von vier Stunden immer je zwei zu pumpen ist kein Spaß – aber wir erhielten sie damit flott bis nach Falmouth.

Die guten Leute dort leben von den Unfällen auf See und freuten sich zweifellos, uns zu sehen. Eine hungrige Schar von Zimmerbaasen wetzte ihre Meißel beim Anblick dieses Schiffskadavers. Und bei Gott! Es kostete einen schönen Batzen Geld, ehe sie fertig waren. Ich denke mir, daß der Reeder damals schon nicht mehr gut stand. Es gab allerlei Aufschübe. Dann wurde beschlossen, einen Teil der Ladung herauszunehmen und die Seiten der Bark zu kalfatern. Das wurde gemacht, die anderen Ausbesserungen beendet, die Ladung wieder eingenommen; eine neue Mannschaft kam an Bord, und wir gingen in See – nach Bangkok. Nach knapp einer Woche waren wir wieder zurück. Die Mannschaft erklärte, sie dächte nicht daran, die etwa hundertfünfzig Tage Überfahrt nach Bangkok in dem Huker zu machen, der von vierundzwanzig Stunden acht an den Pumpen brauchte; und die nautischen Blätter brachten wieder die kleine Anzeige: *Judea*. Bark. Vom Tyne nach Bangkok; Kohle; leck nach Falmouth zurückgekehrt; Mannschaft verweigert Dienst.‹

Wieder gab es allerhand Aufschübe – allerhand Flickarbeit. Der Reeder kam für einen Tag herunter und erklärte, die Bark sei tipptopp, wie eine kleine Geige. Der arme Kapitän Beard sah wie ein Gespenst aus – vor lauter Kummer und Demütigung. Bedenkt, daß er sechzig und daß es sein erstes Kommando war. Mahon meinte, es sei eine verrückte Geschichte, die schlimm ausgehen würde. Ich liebte das Schiff mehr als je und brannte darauf, nach Bangkok zu kommen. Nach Bangkok! Zauberhafter Name, dreimal gesegneter Name! Mesopotamien reichte nicht im Traum daran hin. Bedenkt, daß ich zwanzig, daß es mein erstes Patent als Zweiter Offizier war und daß der Osten auf mich wartete.

Wir verließen den Hafen und gingen an der Außenreede vor Anker, mit einer neuen Mannschaft – der dritten. Die Bark leckte ärger als je. Es war, als hätten ihr die verwünschten Zimmerbaase geradezu ein Loch geschlagen. Diesmal kamen wir nicht einmal mehr auf hohe See. Die Mannschaft weigerte sich einfach, das Ankerspill zu bemannen.

Sie schleppten uns in den Innenhafen zurück, und wir wurden so etwas wie ein Merkmal, eine Sehenswürdigkeit, eine stehende Einrichtung des Ortes. Die Leute zeigten uns gelegentlichen Besuchern als ›die Bark da, die nach Bangkok gehen soll – liegt schon sechs Monate hier – dreimal umgekehrt!‹ – An Feiertagen pflegten uns wohl die kleinen Jungen, die in Booten herumruderten, anzurufen: *Judea*, ahoi!‹ und, wenn sich ein Kopf über der Reling zeigte, zu brüllen: ›Wohin seid ihr bestimmt? – Bangkok?‹ Und dann grölten sie vor Lachen. Wir waren nur zu dritt an Bord. Der arme alte Schiffer brütete in der Kajüte vor sich hin. Mahon hatte das Kochen auf sich genommen und dabei unerwartet das ganze Geschick eines Franzosen für die Bereitung netter kleiner Gerichte bewiesen. Ich sah gelangweilt die Takelung nach. Wir alle wurden Bürger von Falmouth. Jeder Ladeninhaber kannte uns. Beim Barbier oder im Tabakladen fragte man uns vertraulich: ›Glauben Sie, daß Sie je nach Bangkok kommen werden?‹ Unterdessen stritten sich der Reeder, die Versicherung und die Befrachter in London herum, und unser Gehalt lief weiter … Reich die Flasche weiter!

Es war schauerlich. Seelisch war es schlimmer, als ums liebe Leben pumpen zu müssen. Es schien, als wären wir von der Welt vergessen worden, als sollten wir, verhext, für ewig und immer in dem Innenhafen dort leben müssen, Zielscheibe des Spottes für Geschlechter von Hafenbummlern und unehrlichen Bootsleuten. Ich erwirkte drei Monate Gehalt und fünf Tage Urlaub und machte einen Abstecher nach London. Ich brauchte einen vollen Tag hin und ebensolange zurück – aber drei Monate Gehalt gingen dabei drauf. Ich weiß nicht, was ich damit anfing. Ich ging in ein Tingeltangel, glaube ich, aß zu Mittag, zu Abend und zu Nacht, in einem piekfeinen Lokal in Regent Street, und war pünktlich zurück, ohne als Gegenwert für drei Monate Arbeit mehr aufweisen zu können als eine Gesamtausgabe von Byrons Werken und eine neue Reisedecke. Der Jollenführer, der mich zum Schiff hinüberruderte, sagte: ›Hallo! Ich dachte, Sie hätten die alte Kiste sein lassen. Die kommt nie nach Bangkok!‹ – ›Was Sie schon davon wissen!‹ gab ich geringschätzig zurück – aber mir gefiel die Weissagung ganz und gar nicht.

Plötzlich tauchte irgendein Agent mit Vollmacht auf. Er hatte ein rotes Trinkergesicht, eine unbändige Tatkraft und ein frohes Gemüt. Wir erwachten zu neuem Leben. Ein Hulk kam längsseits, nahm unsere Ladung ein, und dann gingen wir ins Trockendock, um den Kupferbelag abnehmen zu lassen. Kein Wunder, daß die Bark leckte! Das arme Ding hatte, in dem Sturm über alle Gebühr beansprucht, wie vor Ekel das ganze Werg aus den unteren Nähten ausgespien. Sie wurde frisch kalfatert, neu mit Kupfer beschlagen und so dicht gemacht wie eine Flasche. Wir gingen zu dem Hulk zurück und nahmen unsere Ladung wieder ein.

Dann verließen in einer schönen Mondnacht alle Ratten das Schiff. Wir hatten eine Unzahl davon an Bord gehabt. Sie hatten unsere Segel zerfressen, mehr Vorräte verschlungen als die Besatzung, hatten liebevoll unsere Betten und unsere Gefahren mit uns geteilt, um nun, als das Schiff endlich seetüchtig gemacht war, doch auszuwandern. Ich rief Mahon, damit auch er das Schauspiel ansehe. Eine Ratte nach der anderen erschien auf unserer Reling, warf einen letzten Blick über die Schulter zurück und sprang mit einem dumpfen Aufklatschen in den leeren Hulk hinunter. Wir versuchten sie zu zählen, kamen aber bald nicht mehr nach. Mahon meinte: ›Nun, nun, sagen Sie mir nichts von dem Verstand der Ratten! Die hätten früher auswandern sollen, als wir knapp am Untergehen waren. Da haben Sie den Beweis dafür, wie töricht der Aberglaube wegen der Ratten ist. Sie verlassen ein gutes Schiff einem alten, verfaulten Hulk zuliebe, auf dem es überdies nicht einmal etwas zu essen gibt; die dummen Viecher! ... Ich finde, sie wissen nicht besser als Sie oder ich, was gut für sie ist.‹

Und nach einigem Hin und Her einigten wir uns darauf, daß die Weisheit der Ratten gröblich überschätzt worden und tatsächlich nicht größer als die der Menschen sei.

Die Geschichte des Schiffes war inzwischen den ganzen Kanal entlang von Land's End bis zu den Forelands bekanntgeworden, und wir konnten an der Südküste keine Bemannung mehr zusammenbringen. Sie schickten uns eine – ganz vollzählig – von Liverpool herunter, und noch einmal gingen wir in See – nach Bangkok. Wir hatten gute Brisen und glatte See bis über den Wendekreis hinaus, und die alte *Judea* bummelte im Sonnenschein dahin. Wenn sie acht Knoten lief, dann krachte oben alles, und wir banden uns die Mützen fest; meist aber machte sie ihre drei Meilen in der Stunde. Was hätte man auch erwarten dürfen? Sie war müde – das alte Schiff. Ihre Jugend war, wo meine ist, wo eure ist, ihr Burschen, die ihr dieser Geschichte zuhört; und welcher Freund wollte euch wohl eure Jahre und eure Müdigkeit vorwerfen? Wir schalten sie nicht. Uns kam es so vor, als wären wir auf ihr geboren und aufgezogen, hätten jahrzehntelang auf ihr gelebt und nie ein anderes Schiff gekannt. Ebensogut hätte ich unserer alten Dorfkirche daheim vorwerfen können, sie sei keine Kathedrale.

Und in meinem besonderen Fall half auch noch meine Jugend zur Geduld. Der ganze Osten lag vor mir, und das ganze Leben; dazu der Gedanke, daß ich auf diesem Schiffe auf die Probe gestellt worden war und die Probe gut bestanden hatte. Und ich gedachte der Männer alter Zeit, die vor Jahrhunderten, in Schiffen, die kaum besser segelten, den gleichen Weg gezogen waren, ins Land der Palmen, der Gewürze und des gelben Sands, der braunen Völkerschaften unter der Herrschaft von Königen, grausamer als Roms Nero und prachtliebender als Salomo. Die alte Bark bummelte weiter und trug schwer an ihrem Alter und ihrer Ladung, während ich jugendlich unwissend und hoffnungsfroh dahinlebte. Sie stolperte während einer endlosen Reihe von Tagen dahin; und die frische Vergoldung strahlte den Abendsonnenschein wider, schien über die dunkelnde See die Worte hinauszurufen, die auf dem Heck geschrieben standen: ›*Judea*, London. Halt aus oder stirb!‹

Dann kamen wir in den Indischen Ozean und hielten nördlich, auf die Spitze von Java zu. Die Winde blieben leicht. Die Wochen glitten dahin. Die Bark schlich ihren Weg, halt aus oder stirb, und die Leute daheim begannen daran zu denken, uns als überfällig anzumelden.

Eines Samstagabends, als ich eben dienstfrei war, baten mich die Leute, ihnen eine Extraration Wasser auszugeben, damit sie ihre Sachen waschen könnten. Da ich so spät nicht mehr die Frischwasserpumpe anschrauben wollte, ging ich pfeifend nach vorne, einen Schlüssel in der Hand, um die Vorderstevenluke aufzusperren und das Wasser aus einem Reservetank auszugeben, den wir dort aufbewahrten.

Der Geruch da unten war so unerwartet wie beängstigend. Man hätte glauben können, daß Hunderte von Petroleumlampen in dem Loche tagelang gerußt und geraucht hätten. Ich war froh, als ich wieder draußen war. Der Mann neben mir hustete und sagte: ›Komischer Geruch, Sir.‹ Ich gab nachlässig zurück: ›Das soll recht gesund sein, sagt man‹, und ging nach achtern.

Als nächstes steckte ich meinen Kopf in die Öffnung des Ventilators mittschiffs. Als ich den Deckel lüftete, stieg etwas wie ein sichtbarer Hauch, wie ein dünner Nebel, eine kleine Hitzewelle aus der Öffnung auf. Der Luftzug war heiß und brachte schweren, rußigen, öligen Geruch mit. Ich zog ihn einmal ein und machte dann den Deckel leise wieder zu. Es hatte wenig Sinn, mich dem Ersticken auszusetzen. Die Ladung hatte Feuer gefangen.

Am nächsten Tag begann die Bark ernstlich zu rauchen. Es war allerdings zu erwarten gewesen; denn wenn auch die Kohle von einwandfreier Art gewesen war, so war doch mit der Ladung so herumgewirtschaftet worden, daß das Zeug nun weit eher wie Schmiedekohle aussah. Dann war auch öfter als einmal Wasser darauf gekommen. Die ganze Zeit über, als wir sie aus dem Hulk wieder übernahmen, hatte es geregnet, jetzt während der langen Überfahrt hatte sich die Kohle erhitzt, und so war also die Selbstentzündung zustande gekommen.

Der Kapitän rief uns in die Kabine. Er hatte eine Karte vor sich auf dem Tische ausgebreitet und sah unglücklich aus. Er sagte: ›Die Küste von Westaustralien ist nahe, ich beabsichtige aber, weiter auf unseren Bestimmungsort zuzuhalten. Allerdings haben wir überdies noch den Orkanmonat; aber wir wollen doch einfach auf Bangkok zu und das Feuer bekämpfen. Kein Zurück mehr, um keinen Preis, und sollten wir alle geröstet werden! Zuerst einmal wollen wir versuchen, den verteufelten Brand zu ersticken, indem wir ihm die Luftzufuhr abschneiden!‹

Das versuchten wir. Wir verschalkten jedes kleinste Loch, und doch rauchte die Bark weiter. Der Rauch kam durch unmerkliche Ritzen heraus, zwängte sich durch Schotte und Deckel, wehte da und dort in dünnen Fäden herum oder als ein kaum sichtbarer, unheimlicher Glast. Er fand seinen Weg in die Kajüte, ins Vorderkastell, verpestete alle Winkel auf Deck und war sogar noch oben auf der Großrahe zu spüren. Es war klar, daß, wenn der Rauch herauskam, die Luft auch hineinkommen mußte. Und das brachte uns fast zur Verzweiflung. Der Brand ließ sich nicht ersticken.

Wir beschlossen, es mit Wasser zu versuchen und machten die Luken auf. Ungeheure Rauchwolken, weiß und gelb, dick, schmierig, erstickend, stiegen bis zum Flaggenknopf auf. Alle Mann verzogen sich nach achtern. Dann verwehte die giftige Wolke, und wir machten uns wieder an die Arbeit, in einem Rauch, der nicht dicker war, als der eines gewöhnlichen Fabrikschornsteins.

Wir stellten die Druckpumpe zu, legten den Schlauch aus – und er platzte. Nun, er war so alt wie das Schiff, ein prähistorischer Schlauch; an eine Ausbesserung war nicht zu denken. So pumpten wir also mit der schwachen Bugpumpe, zogen Wasser in Eimern herauf, und brachten es so mit der Zeit fertig, ein gut Teil des Indischen Ozeans in die Großluke hineinzuschütten. Der breite Strom glitzerte im Sonnenschein, stürzte sich auf eine niedrig kriechende, weiße Rauchwolke und verschwand unter der schwarzen Oberfläche der Kohle. Dampf wallte auf und mischte sich mit dem Rauch. Wir schütteten Salzwasser hinein, wie in ein Faß ohne Boden. Es war unser Schicksal auf diesem Schiff, zu pumpen, herauszupumpen, hineinzupumpen; – nachdem wir mit allen Kräften das Wasser aus ihr herausgebracht hatten, um uns vor dem Ertrinken zu retten, schütteten wir es nun wieder mit allen Kräften hinein, um nicht zu verbrennen.

Und sie schlich weiter, halt aus oder stirb, durch das klare Wetter. Der Himmel war wunderbar rein und blau. Die See lag glatt blau, durchsichtig, glitzernd wie ein Edelstein, dehnte sich weit nach allen Seiten, rings um den Horizont, so als wäre die ganze Erdkugel ein Juwel, ein ungeheurer Saphir, ein einziges Kleinod, zu einem Planeten umgeschliffen. Und auf dem endlosen, ruhenden Wasserspiegel glitt die *Judea* unmerklich dahin, eingehüllt in träge, böse Dämpfe, in eine Wolke, die leicht und leise nach Lee abtrieb: eine todbringende Wolke, die die strahlende, reine Heiterkeit der See und des Himmels trübte. Die ganze

Zeit über sahen wir natürlich kein Feuer. Die Ladung glimmte irgendwo ganz zuunterst. Einmal sagte mir Mahon, als wir nebeneinander arbeiteten, mit einem eigenen Lächeln: ›Wenn sie jetzt nur richtig leck springen wollte – so wie damals, als wir das erstemal den Kanal verließen –, so würde das dem Brand rasch ein Ende machen, nicht?‹ Ich gab ihm ohne Zusammenhang zurück: ›Denken Sie noch an die Ratten?‹.

Wir bekämpften das Feuer und segelten das Schiff dabei so sorgfältig, als wäre gar nichts los gewesen. Der Steward kochte und wartete uns auf. Von den anderen zwölf Mann arbeiteten acht, während vier ruhten. Jeder kam an die Reihe, auch der Kapitän. Es herrschte Gleichheit, und wenn nicht gerade Brüderlichkeit, so doch ein gutes Gefühl. Manchmal schrie ein Mann, während er einen Kübel Wasser in die Großluke hinunterschüttete: ›Hurra, für Bangkok!‹ und die anderen lachten. Meist aber waren wir schweigsam und ernst – und durstig. – Oh, wie durstig! – Wir mußten mit dem Wasser vorsichtig sein. Streng bemessene Rationen. Das Schiff rauchte, die Sonne brannte … Reich die Flasche weiter!

Wir versuchten alles. Wir versuchten sogar, uns zu dem Feuer hinunter zu graben. Ohne Erfolg natürlich. Kein Mann konnte länger als eine Minute unten bleiben. Mahon, der als erster hinunterging, wurde unten ohnmächtig, und ein anderer, der ihn holen wollte, desgleichen. Wir zogen sie auf Deck herauf, dann sprang ich hinunter, um zu zeigen, wie leicht es zu machen wäre. Die anderen waren inzwischen klug geworden und begnügten sich damit, soviel ich weiß, mit einem Kettenhaken, der an einen Besenstiel gebunden war, nach mir zu angeln. Ich war auch nicht mehr scharf darauf, meine Schaufel holen zu gehen, die unten geblieben war.

Die Dinge begannen schlimm auszusehen. Wir fierten das Langboot nieder, das zweite Boot lag klar zum Ausschwingen. Wir hatten noch ein drittes, vierzehn Fuß lang, das achtern im Davit hing, wo es völlig sicher war.

Dann, stellt euch vor, nahm der Rauch plötzlich ab. Wir verdoppelten unsere Anstrengungen, den Kielraum unter Wasser zu setzen. Nach zwei Tagen gab es überhaupt keinen Rauch mehr. Wir gingen alle mit breitem Grinsen herum. Das war an einem Freitag. Samstag wurde keine Arbeit mehr getan, außer der natürlich, die das Weitersegeln erforderte. Die Leute wuschen ihre Sachen und ihre Gesichter, zum ersten Male seit vierzehn Tagen, und bekamen ein Extra-Abendessen. Sie sprachen mit größter Verachtung von Selbstentzündung und rühmten sich, sie wären die Burschen, um mit einem Brand fertig zu werden. Jeder von uns kam sich vor, als hätte er ein großes Vermögen geerbt. Doch ein verteufelter Brandgeruch hing um das Schiff. Kapitän Beard hatte eingesunkene Augen und hohle Wangen. Nie zuvor war es mir aufgefallen, wie verbraucht und gebeugt er war. Er und Mahon gingen herum, beugten sich über Luken und Ventilatoren und schnüffelten. Mit einem Male merkte ich auch, daß der arme Mahon ein ganz, ganz alter Mann war. Was mich selbst angeht, so war ich so vergnügt und stolz, als hätte ich mitgeholfen, eine große Seeschlacht zu gewinnen. O Jugend!

Die Nacht war schön. Am frühen Morgen segelte ein heimkehrendes Schiff, Rumpf unter Kimm, an uns vorbei – das erste, das wir seit Monaten gesehen hatten; aber endlich näherten wir uns doch dem Lande, denn die Spitze von Java lag etwa einhundertundneunzig Meilen weitab, fast genau nördlich.

Am nächsten Tage hatte ich von acht bis zwölf Deckwache. Beim Frühstück bemerkte der Kapitän: ›Es ist verwunderlich, wie der Geruch sich in der Kajüte hält.‹ Etwa um zehn Uhr, als gerade der Erste auf der Hütte war, ging ich einen Augenblick auf das Hauptdeck hinunter. Die Werkbank des Zimmermanns stand hinter dem Hauptmast. Ich lehnte mich daran, sog an meiner Pfeife, und der Zimmermann, ein junger Kerl, kam herzu, um sich mit mir zu unterhalten. Er sagte: ›Ich denke, wir haben es recht gut gemacht, nicht?‹ und dann bemerkte ich zu meinem Mißvergnügen, daß der Narr sich anschickte, die Werkbank umzukippen. Ich sagte kurz: ›Nicht, Chips!‹ [1] und hatte unmittelbar darauf das merkwürdige Gefühl, die dumme Sinnestäuschung, irgendwie in der Luft zu sein. Ich hörte rings um mich etwas wie ein befreites Aufatmen, als hätten tausend Riesen zu gleicher Zeit ›uff‹ gesagt – und dazu eine dumpfe Erschütterung, daß mich plötzlich die Rippen schmerzten. Kein Zweifel – ich war in der Luft, und mein Körper beschrieb eine kurze Parabel. Aber so kurz sie auch war, so hatte ich doch Zeit, verschiedene Gedanken, und zwar, soviel ich mich erinnern kann, in dieser Reihenfolge zu denken: ›Das kann nicht der Zimmermann sein! – Was ist es? – Ein Unfall? – Unterseeischer Vulkan? – Kohlen, Gas! – Bei Gott! Wir fliegen in die Luft. – Alle sind tot. – Ich falle in die Achterluke. – Ich sehe Feuer darin!‹ Der Kohlenstaub, mit dem die Luft des Laderaums gesättigt war, hatte sich im Augenblick der Explosion

1   Chips = Zimmermann. Anmerkung des Übersetzers

bis zur Weißglut erhitzt. In einem Umsehen, im Bruchteil einer Sekunde seit dem ersten Schwanken der Werkbank, lag ich der Länge nach auf der Ladung. Ich raffte mich zusammen und kroch hinaus. Das alles ging schneller, als es zu erzählen ist. Das Deck starrte von zertrümmerten Balken, die kreuzweise übereinanderlagen wie Waldbäume nach einem Orkan; ein ungeheurer Vorhang aus schmierigen Lumpen wallte knapp vor mir – es war das Großsegel, das in Fetzen gerissen war. Ich dachte, daß die Masten über Bord gehen würden und um mich aus dem Staube zu machen, kroch ich auf allen vieren zum Schanzniedergang. Der erste Mensch, den ich sah, war Mahon, die Augen riesengroß, den Mund weit offen und das lange weiße Haar rings um seinen Kopf zu Berge stehend, wie ein silberner Heiligenschein. Er war eben im Begriff gewesen, hinunterzugehen, als der Anblick des Hauptdecks, das sich rührte, hob und vor seinen Augen in Trümmer verwandelte, ihn auf der ersten Stufe festgebannt hatte. Ich starrte ihn ungläubig an, und er starrte mich an, mit einer Art entrüsteter Neugier. Ich wußte nicht, daß ich kein Haar hatte, keine Augenbrauen, keine Wimpern, daß mein junger Schnurrbart abgesengt, daß mein Gesicht schwarz war, eine Wange aufgerissen, die Nase zerkratzt, und daß mein Kinn blutete. Ich hatte meine Mütze verloren und einen Pantoffel; mein Hemd war in Fetzen gerissen. Das alles hatte ich aber noch nicht gemerkt. Es verblüffte mich zu sehen, daß das Schiff immer noch schwamm, daß das Hüttendeck ganz und, vor allem, irgend jemand noch am Leben war. Auch der Friede des Himmels und die heitere Ruhe der See waren ausgesprochen überraschend. Vielleicht hatte ich erwartet, sie von Grauen aufgerührt zu finden … Reich die Flasche weiter!

Eine Stimme rief das Schiff von irgendwoher an. – Aus der Luft, aus dem Himmel. – Ich konnte es nicht sagen. Dann stieß ich auf den Kapitän – und der war verrückt. Er fragte mich hastig: ›Wo ist der Kajütentisch?‹ und es erschreckte mich furchtbar, diese Frage zu hören. Ich war eben in die Luft geflogen, müßt ihr bedenken, und zitterte noch von dem Erlebnis – war nicht einmal ganz sicher, ob ich noch lebte. Mahon stampfte mit beiden Füßen auf und brüllte ihn an: ›Guter Gott! sehen Sie nicht, daß das Deck in die Luft gegangen ist?‹ Ich fand meine Stimme wieder und stammelte, als wäre ich mir der schwersten Pflichtversäumnis bewußt: ›Ich weiß nicht, wo der Kajütentisch ist.‹ Es war wie ein dummer Traum.

Wißt ihr, was er als nächstes verlangte; Nun, er wollte die Rahen richtig gebraßt haben. Sehr sanftmütig und wie in Gedanken verloren bestand er darauf, die Fockrahe vierkant gebraßt zu haben. ›Ich weiß nicht, ob irgend jemand am Leben ist‹, sagte Mahon fast weinend. ›Sicherlich‹, meinte der Kapitän, ›sind Leute genug übrig, um die Fockrahe vierkant zu brassen!‹

Der alte Knabe war, wie es scheint, in seiner eigenen Kajüte gewesen und hatte die Chronometer aufgezogen, als ihn der Stoß rundum gewirbelt hatte. Es war ihm sofort zum Bewußtsein gekommen, daß das Schiff auf irgend etwas aufgelaufen sein müsse, und er war in die Kajüte hinausgestürzt. Dort hatte er gesehen, daß der Kajütentisch irgendwohin verschwunden war. Da das Deck in die Luft geflogen war, so war der Tisch natürlich ins Lazarett hinuntergestürzt. Wo wir an jenem Morgen noch gefrühstückt hatten, dort sah er jetzt nur ein großes Loch im Fußboden. Dies erschien ihm so schauerlich geheimnisvoll, – machte ihm einen so ungeheuern Eindruck, daß im Vergleich dazu alles, was er nachher noch auf Deck sah und hörte, als nebensächliche Kleinigkeit wirkte. Und bedenkt, er merkte sofort, daß das Steuerrad unbemannt und seine Bark von ihrem Kurs abgefallen war, – und sein einziger Gedanke war, den elenden, zerfetzten, abgedeckten, rauchenden Rest eines Schiffes wieder mit der Nase nach dem Bestimmungshafen zu stellen. Bangkok! Darauf war er aus. Ich sage euch, der ruhige, gebeugte, säbelbeinige, fast verkrüppelte kleine Mann wirkte ungeheuer, einzig durch seine Idee und durch das ruhige Übersehen unserer Erregung. Er wies uns gebieterisch nach vorne und ging selbst ans Rad.

Ja, das war das erste, was wir taten – wir braßten die Rahen des armseligen Wracks. Niemand war getötet oder verstümmelt worden, aber doch jeder einzelne mehr oder weniger schwer verletzt. Ihr hättet sie sehen sollen! Manche kamen in Lumpen, mit schwarzen Gesichtern wie Kohlenträger und mit runden Köpfen, die scheinbar glattgeschoren, in Wahrheit aber bis auf die Haut abgesengt waren. Andere, von der Freiwache, die unten dadurch geweckt worden waren, daß die Explosion sie aus den einstürzenden Kojen herausgeschleudert hatte, zitterten nun unaufhörlich und stöhnten noch weiter, als wir schon an die Arbeit gingen. Doch alle arbeiteten. Diese Mannschaft aus Liverpooler Hartguß hatte es in sich. Meiner Erfahrung nach ist das immer so. Sie haben es von der See, von der Arbeit und Einsamkeit, die ihre dunklen standhaften Seelen umgibt. O ja! Wir torkelten herum, krochen, stürzten, zerstießen uns an den Trümmern und zogen. Die Masten standen, wir wußten aber nicht, wie weit sie unten schon durchgebrannt sein konnten. Es war nahezu Windstille, doch von Westen her lief eine Dünung und machte die Bark rollen. Die Masten konnten jeden Augenblick über Bord gehen. Wir sahen ängstlich hinauf. Niemand konnte vorhersehen, nach welcher Richtung sie fallen würden.

Dann zogen wir uns nach achtern zurück und sahen uns um. Das Deck war ein Durcheinander von gekanteten und hochgestellten Bohlen, von Splittern und zerfetztem Holzwerk. Die Masten erhoben sich über dem Gewirr wie Baumriesen über dichtem Unterholz. Die Zwischenräume zwischen all dem Trümmerwerk waren voll von etwas Weißlichem, träge Fließendem – von etwas wie einem schmutzigen Nebel. Der Rauch des unsichtbaren Feuers kam wieder hoch, kroch in dicken, giftigen Schwaden herum, wie in einer Schlucht voll Fallholz. Schon begannen sich träge Flocken durch die Holztrümmer aufzuringeln. Da und dort stand noch ein Pfosten aufrecht. Die Hälfte einer Nagelbank war quer durch das Focksegel geschleudert worden, und nun bildete der Himmel einen leuchtenden blauen Farbfleck in der elend verstümmelten Leinwand. Eine Reihe von Planken, die noch zusammenhielten, waren über die Reling gestürzt, und ihr eines Ende ragte über Bord wie eine Laufplanke, die ins Tiefe führte, in den Tod – als wollte sie uns einladen, sie gleich zu beschreiten und allen unseren lächerlichen Kümmernissen ein Ende zu setzen. Und immer noch rief aus der Luft, aus dem Himmel, irgendein Geist, etwas Unsichtbares das Schiff an.

Jemand war verständig genug, nachzusehen. Und da ergab es sich, daß es der Rudergänger war, der unwillkürlich über Bord gesprungen war und nun gerne zurück wollte. Er schrie und schwamm lustig wie ein Meermann und hielt mit dem Schiff Schritt. Wir warfen ihm ein Tau zu, und bald darauf stand er mitten unter uns, triefend von Wasser und sehr kleinlaut. Der Kapitän hatte das Rad abgegeben, stand nun abseits, die Ellbogen auf die Reling und das Kinn in die Hand gestützt, und sah gedankenvoll ins Weite. Wir fragten uns: ›Was nun?‹ Ich dachte: Das ist einmal etwas! Einfach großartig! Möchte wohl wissen, was daraus wird! – O Jugend!

Plötzlich sichtete Mahon, weit achtern, einen Dampfer. Kapitän Beard sagte: ›Vielleicht können wir doch noch was mit ihr erreichen!‹ Wir hißten zwei Flaggen, die in der internationalen Seesprache sagten: ›In Brand, erbitten sofortige Hilfe!‹ Der Dampfer wurde rasch größer und zeigte bald auch am Fockmast zwei Flaggen, die sagten: ›Kommen euch zu Hilfe!‹

In einer halben Stunde war der Dampfer querab in Luv in Rufweite und rollte leicht mit abgestoppten Maschinen. Wir verloren alle Fassung und brüllten vor Aufregung im Chor hinüber: ›Wir sind in die Luft geflogen!‹ Ein Mann auf der Brücke, in weißem Tropenhelm, rief zurück: ›Ja, schon recht! schon recht!‹ nickte mit dem Kopf, lächelte und winkte uns beruhigend zu, wie einer Schar aufgeregter Kinder. Ein Boot ging zu Wasser und kam unter langen Riemen auf uns zu. Vier Kalaschen ruderten in langen, taktfesten Schlägen. Es war das erste Mal, daß ich malaiische Seeleute sah. Seither habe ich sie kennengelernt; was mich aber damals überraschte, war ihre Gleichgültigkeit: sie kamen längsseits, und sogar der Mann im Bug, der aufrecht stand und sich mit dem Bootshaken an unserer Kette festhielt, schien es unter seiner Würde zu finden, den Kopf zu heben und einen Blick zu uns herüberzuwerfen. Mir schien es damals, als würden Leute, die in die Luft geflogen waren, mehr Beachtung verdienen.

Ein kleiner Mann, klapperdürr und behend wie ein Affe, kletterte herauf. Es war der Erste Offizier des Dampfers. Er warf einen Blick in die Runde und rief: ›He, Jungs, gebt es besser auf!‹

Wir schwiegen. Er sprach eine Zeitlang abseits mit dem Kapitän, schien ihn überzeugen zu wollen. Dann fuhren sie miteinander zu dem Dampfer hinüber.

Als unser Schiffer zurückkam, erfuhren wir, daß der Dampfer die *Sommerville* war, Kapitän Nash, mit Post von Westaustralien via Batavia nach Singapore unterwegs, und daß die Abmachungen dahin gingen, die *Sommerville* sollte uns, wenn möglich, nach Anjer oder Batavia schleppen, wo wir das Feuer durch Anbohrung löschen könnten, um dann die Weiterreise wieder aufzunehmen – nach Bangkok! – Der alte Mann schien erregt. ›Wir schaffen es schon noch‹, sagte er wild entschlossen zu Mahon. Dabei hob er die Faust gegen den Himmel. Niemand sonst sagte ein Wort.

Gegen Mittag begann der Dampfer zu schleppen, ging schlank und hoch voran, und was von der *Judea* noch übrig war, folgte am Ende von siebzig Faden Schlepptau – folgte eilig, wie eine Rauchwolke, aus der oben die Mastspitzen hervorsahen. Wir gingen in die Takelung, um die Segel zu beschlagen. Wir husteten auf den Rahen, waren aber sehr gewissenhaft bei der Arbeit. Könnt ihr euch vorstellen, wie wir dort oben mit größter Sorgfalt die Segel dieses Schiffes festmachten, dem es vom Schicksal bestimmt war, nirgends mehr anzukommen? Nicht einer war unter uns, der nicht jeden Augenblick erwartete, daß die Masten über Bord gehen würden. Von oben konnten wir vor lauter Rauch das Schiff nicht sehen und arbeiteten doch peinlich genau und handhaben das Beschlagzeising gleichmäßig. ›Saubere Arbeit, ihr dort oben‹, rief Mahon von unten herauf. Versteht ihr das? Ich glaube nicht, daß einer von uns dort oben erwartete, auf die übliche Weise hinunterzukommen. Als das schließlich doch geschah, hörte ich die Leute untereinander sagen: ›Nun, ich dachte, wir würden in einem Haufen über Bord gehen, Masten und alles durcheinander – Gott strafe mich, wenn ich das nicht dachte!‹ – ›Gerade das habe ich mir auch gedacht‹, gab dann eine andere zerlumpte und verbundene Vogelscheuche müde zurück. Und bedenkt auch, daß das Leute waren, denen der blinde Gehorsam nicht eingedrillt war. Einem unbeteiligten Zuschauer mußten sie als eine Horde gewöhnlicher Lumpen erscheinen. Was brachte sie zu diesen Leistungen – was brachte sie dazu, mir zu gehorchen, wenn ich, im klaren Bewußtsein, wie erfreulich das war, sie die Bucht des Focksegels zweimal lösen ließ, damit sie es noch besser machten? Was? Sie hatten keine Berufsehre – keine Vorbilder – keinen Ruhm. Es war auch nicht Pflichtgefühl; sie alle wußten gut genug zu faulenzen, sich um die Arbeit zu drücken und herumzulungern, wenn es ihnen so paßte – und das war meistens der Fall. Waren es die zweieinhalb Pfund im Monat, die sie dazu brachten? Sie alle hielten ihren Lohn bei weitem nicht für hoch genug. Nein, es war wohl etwas in ihnen, etwas, das ihnen angeboren und nicht umzubringen war: die Anlage zum Guten oder zum Bösen, die den Rassenunterschied ausmacht und das Schicksal der Völker bestimmt.

In jener Nacht um zehn Uhr war es, daß wir zum erstenmal, seit wir es bekämpften, das Feuer sahen. Die rasche Fahrt im Schlepptau hatte den glimmenden Brand hellauf angefacht. Vorne leuchtete ein blauer Schein auf, durch die Trümmer des Decks hindurch. Er blakte da und dort auf, schien zu wandern wie das Licht eines Glühwürmchens. Ich bemerkte es zuerst und teilte es Mahon mit. ›Dann ist das Spiel aus‹, sagte der. ›Wir sollten lieber das Schleppen sein lassen, sonst werden plötzlich vorne und achtern die Flammen hochschlagen, bevor wir uns davonmachen können!‹ Wir erhoben ein Gebrüll, läuteten Glocken, um die Aufmerksamkeit der anderen zu erregen; die schleppten weiter. Schließlich mußten Mahon und ich nach vorne kriechen und das

Schlepptau mit einer Axt kappen. Es war keine Zeit mehr, die Taue loszuwerfen. Als wir uns kriechend unseren Weg zum Hüttendeck suchten, konnten wir sehen, wie rote Zungen an den Holztrümmern unter unseren Füßen leckten.

Natürlich kamen die im Dampfer sehr bald darauf, daß das Tau los war. Die Dampfpfeife schrillte, man sah die Seitenlichter einen weiten Kreis beschreiben, dann kam der Dampfer längsseits und stoppte. Wir alle standen in einer dichten Gruppe auf der Hütte und sahen ihm zu. Jeder Mann hatte ein kleines Bündel oder einen Reisesack gerettet. Plötzlich schoß eine kegelförmige Flamme mit doppelter Spitze vorne hoch und warf ein breites Licht über die schwarze See und die zwei Schiffe, die eng nebeneinander leise rollten. Kapitän Beard war lange Stunden still und stumm auf dem Lattenrost vor dem Steuerrad gesessen, jetzt aber erhob er sich langsam und trat vor uns hin an die Besanwanten. Kapitän Nash rief: »Kommt herüber, eilt euch! Ich habe Postbeutel an Bord. Ich will euch und eure Boote nach Singapore mitnehmen.‹

›Danke, nein‹, sagte unser Schiffer, ›wir müssen das Ende des Schiffes mit ansehen.‹

›Ich kann nicht länger hier bleiben‹, rief der andere. ›Post, Sie wissen ja!‹

›Ja, ja! Uns geht es ganz leidlich.‹

›Na, dann schön! Ich will euch in Singapore melden … Lebt wohl!‹ Er schwenkte die Hand. Unsere Leute setzten die Bündel langsam nieder. Der Dampfer fuhr an, verließ den Lichtkreis und verschwand uns sofort aus den Augen, die durch das hellbrennende Feuer geblendet waren. Und dann wußte ich, daß ich den Osten zum ersten Male als Befehlshaber eines kleinen Bootes sehen würde. Das kam mir herrlich vor; auch die Treue gegen das alte Schiff war herrlich. Wir sollten sein Ende mit ansehen. O Jugend mit deinem Feuer, das, blendender noch als die Flammen des brennenden Schiffs, ein Zauberlicht über die weite Erde wirft, kühn himmelan loht, um endlich doch durch die Zeit gelöscht zu werden, die grausamer, erbarmungsloser, bitterer ist als die See.

Der alte Mann machte uns in seiner liebenswürdigen und unbeugsamen Art darauf aufmerksam, daß es einen Teil unserer Dienstpflichten bildete, für die Versicherung möglichst viel von der Ausrüstung des Schiffes zu retten. Demgemäß gingen wir also achtern an die Arbeit, während das Schiff vorne hell genug brannte, um uns dazu zu leuchten. Wir schleppten eine Menge Gerümpel heraus. Was retteten wir nicht alles! Ein altes Barometer, das mit einer unsinnigen Menge von Schrauben festgemacht war, kostete mir fast das Leben: plötzlich stieß mir eine Rauchwolke entgegen, und ich konnte mich gerade noch davonmachen. Es gab verschiedene Vorräte, Segeltuchballen und Tauwerksrollen; auf der Hütte sah es aus wie in einem Marinebazar, und die Boote waren bis zum Dollbord vollgestaut. Man hätte meinen können, daß der alte Mann soviel wie möglich von diesem seinem ersten Kommando mit sich nehmen wollte. Er war sehr, sehr ruhig, aber doch offenbar aus dem Gleichgewicht. Es war kaum zu glauben, er wollte ein Stück alte Stromankerkette und einen Warpanker in das Langboot mitnehmen. Wir sagten ehrfürchtig: ›Zu Befehl, Sir‹, und ließen dann das Zeug heimlich über Bord fallen. Der schwere Arzneikasten nahm den gleichen Weg, zwei Ballen grüner Kaffee, Blechbüchsen mit Farbe – stellt euch vor, Farbe! – und noch eine Menge anderes. Dann wurde ich mit zwei Leuten in die Boote hinuntergeschickt, um alles zu verstauen und die Boote für den Augenblick klarzumachen, wenn es für uns an der Zeit sein würde, das Schiff zu verlassen.

Wir brachten alles in Ordnung, fierten für unseren Schiffer, der den Befehl über das Langboot übernehmen sollte, den Mast des Langbootes in die Spur, und dann war ich ganz einverstanden, als ich mich einen Augenblick hinsetzen konnte. Mein Gesicht fühlte sich rauh an, jedes Glied schmerzte mich, als wäre es gebrochen, ich spürte alle meine Rippen und hätte schwören mögen, daß ich einen Knoten im Rückgrat hätte. Die Boote lagen ganz achtern im tiefsten Schatten, und ringsum konnte ich die See in weitem Umkreis vom Feuer erleuchtet sehen. Vorne stieg eine ungeheure Flamme gerade und klar in die Luft. Sie lohte mächtig, mit einem Geräusch, bald wie von schlagenden Schwingen, bald wie von fernem Donner. Dazwischen gab es ein Krachen und Knallen, und aus dem Flammenkegel flogen die Funken himmelan. Denn zur Mühsal ist der Mensch geboren, zur Arbeit auf lecken Schiffen und auf Schiffen, die brennen.

Was mich ärgerte, war, daß das Schiff mit der Breitseite zu der Dünung und dem bißchen Wind lag – kaum einem Lufthauch – und daß die Boote nicht achtern bleiben wollten, wo sie sicher waren, sondern in einer querköpfigen Art, wie sie Boote oft haben, darauf bestanden, unter der Gillung durchzugehen und längsseits zu treiben. Sie stießen einander gefährlich herum und kamen der Flamme immer wieder nahe, während über ihnen das Schiff rollte und natürlich unaufhörlich zu befürchten war, daß die Masten über Bord gehen würden. Ich hielt sie mit meinen beiden Leuten klar so gut es ging, mit Riemen und Bootshaken; aber es war geradezu aufreizend, unaufhörlich dahinter bleiben zu müssen, da es ja keinen ersichtlichen Grund gab, warum wir nicht augenblicklich hätten abfahren sollen. Wir konnten die an Bord nicht sehen, noch konnten wir uns vorstellen, was die Ursache der Verzögerung sein mochte. Meine Leute fluchten leise, und ich hatte zu meinem Teil der Arbeit noch die Aufgabe, zwei Leute anzutreiben, die ständig Neigung zeigten, sich hinzulegen und den Dingen ihren Lauf zu lassen.

Schließlich rief ich hinauf: ›Ihr dort, an Bord!‹ und jemand sah über die Reling. ›Wir sind fertig hier‹, sagte ich. Der Kopf verschwand, tauchte aber sofort wieder auf: ›Der Kapitän sagt, schon recht, Sir, und Sie möchten die Boote gut klar vom Schiff halten!‹

Eine halbe Stunde verging. Plötzlich gab es ein schauerliches Getöse, Klirren und Kettengerassel, ein Aufzischen des Wassers, während Millionen von Funken durch die wabernde Rauchsäule hinaufflogen, die schräg über dem Schiff stand. Die Kranbalken waren durchgebrannt und die beiden rotglühenden Anker zu Wasser gegangen und hatten zweihundert Faden rotglühender Kette hinter sich dreingerissen. Das Schiff erzitterte, die Flamme zuckte, als wollte sie in sich zusammensinken, und die Bramstenge fiel. Sie flitzte herunter wie ein feuriger Pfeil, schoß unter Wasser, sprang unmittelbar darauf, keine Riemenlänge weit von den Booten weg, wieder hoch und schwamm dann ruhig dahin, ganz schwarz auf der erleuchteten See. Ich rief die an Bord nochmals an. Nach einiger Zeit teilte mir ein Mann in einem unerwartet freundlichen, aber auch dumpfen Ton mit (als hätte er versucht, mit geschlossenem Munde zu sprechen): ›Wir kommen im Augenblick, Sir‹, und verschwand. Während einer langen Zeit hörte ich nichts als das Schwirren und Dröhnen des Feuers. Die Boote tanzten, zerrten an den Fangleinen, rannten aneinander wie im Spiel oder schwangen, wir konnten tun, was wir wollten, in einem Klumpen gegen die Breitseite des Schiffes. Ich konnte es nicht länger aushalten, kletterte ein Tau hoch und schwang mich über die Heckreling.

Das Achterdeck war taghell erleuchtet. Als ich so plötzlich hinaufkam und den Flammenherd gerade vor mir hatte, war der Anblick wirklich erschreckend, und die Hitze schien im ersten Augenblick kaum zu ertragen. Auf einem Sofapolster, das man aus der Kajüte geholt hatte, lag Kapitän Beard, die Beine hochgezogen und einen Arm unter dem Kopf, und schlief, während die Feuerlichter ihn umspielten. Und wißt ihr, womit sich der Rest der Leute beschäftigte? Sie saßen achtern um eine offene Kiste herum, aßen Brot und Käse und tranken Flaschenbier.

Vor dem Hintergrund von lodernden Flammen, die über ihren Köpfen züngelten, schienen sie sich kreuzwohl zu fühlen, wie Salamander, und sahen dabei aus wie eine Horde verzweifelter Piraten. Das Feuer spiegelte sich im Weißen ihrer Augen oder in Flecken weißer Haut, die durch zerrissene Hemden zu sehen waren. Jeder hatte Merkmale an sich wie von einer Schlacht – es gab verbundene Köpfe, Arme in der Schlinge, einen schmierigen Fetzen um ein Knie – und jeder Mann hatte eine Flasche zwischen den Beinen und ein Stück Käse in der Hand. Mahon stand auf. Mit seinem gutgeschnittenen, wilden Gesicht, dem hakigen Profil, dem langen weißen Bart und mit einer entkorkten Flasche in der Hand sah er wie einer der tollen Seeräuber alter Zeiten aus, die es sich mitten unter Gewalt und Verwüstung gut gehen ließen. ›Die letzte Mahlzeit an Bord‹, erklärte er feierlich. ›Wir hatten den ganzen Tag nichts zu essen, und es schien sinnlos, dies alles zurückzulassen.‹ Er deutete mit der Flasche auf den schlafenden Kapitän und fuhr fort: ›Meinte, er könnte nichts hinunterbringen, und so redete ich ihm zu, sich hinzulegen.‹ Und als ich ihn anstarrte, fügte er hinzu: ›Ich weiß nicht, ob Sie sich im klaren darüber sind, junger Herr, daß der Mann seit Tagen kaum nennenswert geschlafen hat – und in den Booten wird verdammt wenig Zeit zum Schlafen sein.‹ – ›Es wird auch bald keine Boote mehr geben, wenn ihr noch lange herumzieht‹, sagte ich entrüstet. Ich ging zu dem Schiffer hin und rüttelte ihn an der Schulter. Endlich schlug er die Augen auf, rührte sich aber nicht. ›Zeit, abzufahren, Sir‹, sagte ich halblaut.

Er richtete sich mühsam auf, sah nach den Flammen, nach der See, die rings um das Schiff leuchtend klar und weiter weg tiefschwarz dalag, nach den Sternen, die trüb durch einen dünnen Rauchschleier schienen, aus einem Himmel, schwarz wie der Erebus. ›Die Jüngsten zuerst‹, sagte er.

Der Leichtmatrose wischte sich mit dem Handrücken über den Mund, stand auf, kletterte über die Heckreling und verschwand. Andere folgten. Einer hielt mitten im Hinübersteigen inne, trank seine Flasche aus, schleuderte sie mit aller Gewalt ins Feuer und schrie dazu: ›Da, nimm das!‹

Der Schiffer drückte sich trostlos herum, und wir ließen ihm eine Weile Zeit, um von seinem ersten Kommando Abschied zu nehmen. Dann ging ich nochmals hinauf und brachte ihn schließlich dazu, aufzubrechen. Es war höchste Zeit. Das Eisenzeug auf der Hütte fühlte sich schon heiß an.

Dann wurde die Fangleine des Langbootes gekappt, und die drei Boote trieben aneinandergehängt vom Schiff klar. Es war gerade sechzehn Stunden nach der Explosion, als wir abfuhren. Mahon hatte den Befehl über das zweite Boot, und ich hatte das kleinste, das Vierzehn-Fuß-Ding. Das Langboot hätte für uns alle reichlich Raum gehabt; aber der Schiffer sagte, wir müßten soviel wie möglich – für die Versicherung – retten, und so kam ich zu meinem ersten Kommando. Ich hatte zwei Leute bei mir, ein Paket Zwieback, ein paar Büchsen mit Fleisch und ein kleines Faß mit Wasser. Ich erhielt den Befehl, mich hart beim Langboot zu halten, damit wir von diesem bei schlechtem Wetter aufgenommen werden könnten.

Und wißt ihr, was ich dachte? Ich dachte daran, daß ich mich möglichst rasch aus dem Staube machen würde. Ich wollte mein erstes Kommando ganz für mich allein haben, ich wollte nicht im Geschwader fahren, solange es eine Möglichkeit zu selbständigem Kreuzen gab. Ich wollte ganz für mich allein landen. Ich wollte die anderen Boote schlagen. Jugend, alles Jugend, die törichte, herrliche, schöne Jugend.

Wir fuhren aber doch nicht gleich los. Wir mußten das Ende des Schiffes sehen. Und so trieben die Boote die Nacht über herum, hoben und senkten sich mit der Dünung. Die Leute dösten, wachten auf, seufzten und stöhnten. Ich sah nach dem brennenden Schiff. Zwischen der tiefen Schwärze des Himmels und der See brannte die Bark mitten in einem purpurnen Feuerkreis auf dem unheimlich glitzernden Wasser. Eine hohe, klare Flamme, eine ungeheure, einsame Flamme stieg vom Ozean empor, und von ihrem Gipfel kräuselte sich unaufhörlich der Rauch in den Himmel. Die Bark stand in hellen Flammen und brannte ehrfurchtgebietend wie ein Scheiterhaufen in der Nacht, umgeben von der See, von den Sternen gehütet. Ein herrlicher Tod war, wie eine Gnade, wie ein Geschenk, wie ein Lohn, dem alten Schiff am Ende arbeitsreicher Tage beschieden worden. Es war ergreifend, anzusehen, wie die Bark triumphierend ihre müde Seele der Obhut der Sterne und der See übergab. Die Masten stürzten gerade bei Tagesanbruch, und einen Augenblick lang gab es einen wilden Funkenregen, der die geduldige und wachsame Nacht, die weite Nacht, die schweigend über der See lag, mit fliegendem Feuer zu erfüllen schien. Bei Tageslicht war die Bark nur noch ein verkohltes Wrack, das still unter einer Rauchwolke hintrieb und einen Haufen glühender Kohle in sich trug.

Dann legten wir die Riemen ein, die Boote reihten sich in Linie und fuhren rings um die verkohlten Überreste wie in einer Prozession herum, das Langboot voran. Als wir hinter ihrem Heck vorbeipullten, schoß eine schmale Feuerzunge giftig auf uns zu. Und plötzlich ging die Bark unter, Kopf voran, unter wütendem Aufzischen der See. Das unversehrte Heck sank zuletzt; aber die Malerei war vergangen, geschmolzen und abgeblättert; und so gab es keine Buchstaben, kein Wort, keinen Wahlspruch mehr, der der Seele des Schiffes glich, um der aufgehenden Sonne Namen und Art entgegenzuhalten.

Wir nahmen Kurs nach Norden. Eine Brise sprang auf, und um Mittag herum kamen alle Boote zum letzten Male zusammen. Ich hatte in dem meinen weder Mast noch Segel, aber ich machte mir einen Mast aus dem Reserveriemen und hißte ein Sonnensegel, mit einem Bootshaken als Rahe. Das Boot war sicherlich übermastet, doch hatte ich die tröstliche Gewißheit, daß ich mit dem Wind aus achtern die anderen beiden Boote schlagen würde. Ich mußte auf sie warten. Dann sahen wir uns alle des Kapitäns Karte an und empfingen nach einem gemeinsamen Mahl aus hartem Brot und Wasser unsere letzten Befehle. Sie waren einfach genug: nach Norden halten und soviel wie möglich zusammenbleiben. ›Seien Sie vorsichtig mit Ihrer Nottakelung, Marlow‹, sagte der Kapitän; und Mahon rümpfte, als ich stolz an ihm vorbeisegelte, seine Adlernase und rief herüber: ›Sie werden Ihr Schiff da unter Wasser segeln, wenn Sie nicht aufpassen, junger Herr!‹ Er war ein boshafter alter Mann – mag die Tiefsee, wo er nun schläft, ihn sanft und zärtlich wiegen bis ans Ende der Zeit.

Vor Sonnenuntergang ging ein starker Regenschauer über die beiden Boote weg, die weit zurücklagen; und das war für lange Zeit das letzte, was ich von ihnen sah. Den nächsten Tag über saß ich am Steuer meiner Nußschale – mein erstes Kommando – mit nichts als Wasser und Himmel rings um mich. Am Nachmittag sichtete ich die Toppsegel eines Schiffes weitab, sagte aber nichts, und meine Leute bemerkten sie nicht. Ich hatte Angst, das Schiff könnte nach der Heimat bestimmt sein, müßt ihr wissen, und hatte keine Lust, vor der Tür zum Osten umzukehren.

Ich hielt auf Java zu. Ein ebenso gesegneter Name wie Bangkok. Ich steuerte viele Tage.

Ich brauche es euch nicht zu sagen, was es heißt, sich in einem offenen Boot herumzutreiben. Ich erinnere mich an Nächte und Tage völliger Windstille, wo wir ruderten und ruderten und das Boot wie behext still zu liegen schien, mitten im Kreis des weiten Seehorizontes. Ich erinnere mich an die Hitze, an die Sintflut der Regenschauer, die uns zu verzweifeltem Schöpfen zwang (aber unser Wasserfaß füllte), und ich erinnere mich an die letzten sechzehn Stunden mit völlig ausgetrocknetem Munde, ein Ruder über Heck ausgelegt, um gegen anlaufende See Kurs halten zu können. Bis dahin hatte ich nicht gewußt, was für ein tüchtiger Kerl ich war. Ich erinnere mich noch an die müden, niedergeschlagenen Gesichter meiner beiden Leute, und ich erinnere mich noch an meine Jugend und das Gefühl, das niemals wiederkehren wird – das Gefühl, daß ich endlos aushalten würde, alles überdauern, die See, die Erde und alle Menschen; das trügerische Gefühl, das uns zu Freuden, zu Gefahren, zur Liebe lockt, zu sinnloser Anstrengung – zum Tod; das frohlockende Bewußtsein der Kraft, des blühenden Lebens in dieser Handvoll Staub, der Flamme im Herzen, die mit jedem Jahr trüber brennt, kleiner wird, an Hitze verliert, und auslöscht – auslöscht, zu bald, zu bald – früher noch als das Leben selbst.

Und so sehe ich den Osten. Ich bin in sein Geheimnis eingedrungen, habe einen Blick in die Tiefe seiner Seele getan; aber bis heute sehe ich ihn immer noch von einem kleinen Boot aus, eine Kette hoher Berge, blau, weit weg im Morgenlicht; wie dünner Nebel um Mittag; ein zackiger, purpurner Wall bei Sonnenuntergang. Ich fühle noch das Ruder in meiner Hand, das blendende Flimmern der See in meinen Augen. Und ich sehe eine weite Bai, glatt wie Glas, glitzernd wie Eis durch das Dunkel glänzen. Ein rotes Licht brennt weit weg im Finstern des Landes, und die Nacht ist lind und warm. Wir ziehen mit zerschlagenen Armen an den Riemen, und plötzlich springt ein Windhauch aus der stillen Nacht auf, leise und warm und mit fremden Düften beladen, von Blüten und wohlriechenden Hölzern – der erste Hauch des Ostens in mein Gesicht. Das kann ich nie vergessen. Es war unfaßbar und bezaubernd wie eine Feengabe, wie eine geflüsterte Verheißung geheimen Entzückens.

Wir hatten dieses letzte Stück elf Stunden lang gerudert. Zwei ruderten, und der, der gerade zum Rasten an der Reihe war, saß am Steuer. Wir hatten das rote Licht in der Bai gesichtet und darauf zugehalten, in der Annahme, daß es wohl einen kleinen Küstenhafen bezeichnen müßte. Wir kamen an zwei Schiffen vorbei – fremdländisch, mit hohem Heck – die vor Anker schliefen, und während wir uns dem Licht näherten, das nun recht trüb schien, rannten wir mit dem Bootsbug gegen einen vorspringenden Quai. Wir waren blind vor Übermüdung. Meine Leute ließen die Riemen fahren und fielen und rutschten wie tot von den Ruderbänken herunter. Ich legte an einem Pfosten an. Die See kräuselte sich unter einer leichten Strömung. Das duftende Dunkel der Küste türmte sich stumm, phantastisch, in großen Maßen, einem Riesenwuchs wuchernder Vegetation. Der kleine Halbkreis des Strandes an ihrem Fuß erglänzte schwach wie ein Trugbild. Es gab kein Licht, keine Regung, keinen Laut. Der geheimnisvolle Osten lag vor mir, duftend wie eine Blume, stumm wie der Tod, schwarz wie das Grab.

Und ich saß da, müde über jeden Begriff, frohlockend wie ein Eroberer, schlaflos und wie gebannt vor einem tiefen, schicksalhaften Rätsel.

Das Klatschen von Ruderschlägen, die taktfest auf der Wasserfläche widerhallten und gegen das Schweigen des Ufers doppelt laut wirkten, ließ mich auffahren. Ein Boot, ein europäisches Boot kam herein. Ich rief die Namen der Toten auf, rief ›Judea, ahoi!‹ Ein schwacher Laut antwortete.

Es war der Kapitän. Ich hatte das Flaggschiff um drei Stunden geschlagen und war froh, die Stimme des alten Mannes wieder zu hören, zitternd und müde. ›Sind Sie das, Marlow?‹ – ›Passen Sie auf das Ende des Quais da auf‹, schrie ich.

Er näherte sich vorsichtig und machte mit der Tiefseelotleine fest, die wir (für die Versicherung) gerettet hatten. Ich ließ meine Fangleine etwas nach und legte mich neben ihn. Er saß ganz gebrochen im Heck, durch und durch naß vom Tau, die Hände im Schoß gefaltet. Seine Leute schliefen schon. ›Ich habe eine böse Zeit mitgemacht‹, murmelte er. ›Mahon ist hinter uns, nicht sehr weit weg.‹ Wir unterhielten uns im leisesten Flüsterton, als hätten wir uns gefürchtet, das Land aufzuwecken. Kanonenschüsse, Donner und Erdbeben hätten es damals nicht vermocht, unsere Leute im Schlaf zu stören.

Während wir sprachen, sah ich mich um und erblickte weit weg ein helles Licht, das durch die Nacht wanderte. ›Da fährt ein Dampfer an der Bai vorbei‹, sagte ich. Er fuhr aber nicht vorbei, sondern fuhr herein, kam sogar ganz nahe und ging vor Anker. ›Ich möchte‹, sagte der alte Mann, ›daß Sie herausbringen, ob es ein Engländer ist. Vielleicht könnte er uns irgend wohin mitnehmen.‹ Er schien es übertrieben eilig zu haben, und so zwickte und stieß ich an einem meiner Leute herum, bis ich ihn in eine Art Wachtraum gebracht hatte, gab ihm ein Ruder in die Hand, nahm selbst das andere und hielt auf die Lichter des Dampfers zu.

Stimmen, Gemurmel klang daraus, das Dröhnen von Metall aus dem Maschinenraum, Schritte auf Deck. Die Stückpforten leuchteten wie weit offene Augen. Schatten glitten umher, und hoch auf der Brücke sah man schattenhaft einen Mann stehen. Er hörte meine Ruderschläge.

Und dann sprach, bevor ich noch den Mund auftun konnte, der Osten zu mir, doch es geschah in einer westlichen Stimme. Ein Wildbach von Worten strömte in das rätselhafte, schicksalschwere Schweigen hinaus; fremdländische, ärgerliche Worte, mit Worten und ganzen Sätzen in gutem Englisch untermischt, die zwar weniger fremdartig, jedoch noch überraschender klangen. Die Stimme fluchte und wetterte heftig. Der feierliche Friede der Bai verflog unter dem Schnellfeuer von Schimpfworten. Es begann damit, daß ich ein Schwein genannt wurde, und steigerte sich von da an bis zu unaussprechlichen Beiworten. – Auf englisch. Der Mann dort oben tobte laut in zwei Sprachen und mit einer Unbefangenheit in seiner Wut, die mich fast davon überzeugte, daß ich mich auf irgendeine Weise gegen die Harmonie des Alls vergangen hatte. Ich konnte den Menschen kaum sehen, begann aber zu fürchten, er würde sich in Krämpfe hineinsteigern. Plötzlich brach er ab, und ich konnte hören, wie er wie ein Meerschwein schnarchte und pustete. Ich sagte: ›Was für ein Dampfer ist das, bitte?‹

›Wie, was ist das? Und wer sind Sie?‹

›Schiffbrüchige Besatzung einer englischen Bark, die auf offener See verbrannt ist. Wir sind heute nacht hier angekommen. Ich bin der Zweite Offizier. Der Kapitän ist im Langboot und wünscht zu wissen, ob Sie uns irgendwohin mitnehmen könnten!‹

›Oh, du meine Güte! Ich sag's ja! … Dies ist die *Celestial* aus Singapore, auf der Heimreise. Ich will morgen früh mit Ihrem Kapitän alles ausmachen … und … na ja … haben Sie mich eben vorhin gehört?‹

›Ich nehme an, daß die ganze Bai Sie gehört hat.‹

›Ich hielt Sie für ein Boot vom Lande. Nun sehen Sie sich doch an – der verteufelte, faule Schuft von einem Wärter ist wieder schlafen gegangen. – Fluch über ihn! Das Licht ist aus, und ich wäre um ein Haar gegen das Ende dieses verdammten Quais hier gerannt. Das ist das drittemal, daß er mir den Streich spielt. Nun frage ich Sie, kann irgend jemand so etwas ertragen? Das ist doch wohl genug, um jeden Mann um den Verstand zu bringen? Ich will den Burschen anzeigen. Ich will den Regierungsvertreter dazu bringen, daß er ihn zum Teufel jagt. Beim …! Sehen Sie doch – es ist kein Licht da! Ausgegangen, oder? Ich nehme Sie zum Zeugen, daß das Licht ausgegangen ist. Es sollte ein Licht da sein, müssen Sie wissen, ein rotes Licht auf –‹

›Es war auch ein Licht da‹, bemerkte ich mild.

›Aber es ist ausgegangen, Mensch! Was soll es für einen Wert haben, so herumzureden. Sie können ja selbst sehen, daß es ausgegangen ist, oder nicht? Wenn Sie einen wertvollen Dampfer an dieser gottverlassenen Küste entlangzuführen hätten, dann würden auch Sie ein Licht verlangen! Ich will den Burschen vom einen Ende seines elenden Quais bis zum anderen prügeln. Sie sollen sehen, ob ich das nicht tue. Ich will …‹

›Ich darf also meinem Kapitän melden, daß Sie uns aufnehmen wollen‹ unterbrach ich ihn.

›Jawohl, ich will Sie aufnehmen. Gute Nacht!‹ sagte er unvermittelt.

Ich ruderte zurück, machte wieder am Quai fest und konnte dann endlich schlafen. Ich war dem Schweigen des Ostens gegenübergestanden. Ich hatte einiges von seiner Sprache gehört. Doch als ich meine Augen wieder aufschlug, war das Schweigen so vollkommen, als wäre es nie gebrochen worden. Ich lag in einem Meer von Licht, und nie zuvor war mir der Himmel so fern, so hoch erschienen. Ich öffnete die Augen und lag reglos.

Und dann sah ich die Männer des Ostens – sie sahen mich an. Die ganze Länge des Quais war voll von Menschen. Ich sah braune, bronzefarbene, gelbe Gesichter, die schwarzen Augen, die glitzernde Buntheit einer östlichen Menge. – Und alle diese Wesen starrten ohne Murmeln, ohne einen Seufzer – ohne eine Bewegung nach mir. Sie starrten in die Boote hinunter, auf die schlafenden Männer, die während der Nacht von der See her zu ihnen gekommen waren. Nichts rührte sich. Die Palmenwedel standen still gegen den Himmel. Kein Zweig regte sich längs des Ufers, und die braunen Dächer verborgener Häuser lugten durch das grüne Laubwerk, durch die großen Blätter, die glänzend und still dahingen, als wären sie aus schwerem Metall geschmiedet. Das war der Osten, wie er den Seefahrern alter Zeiten erschienen sein mochte, so alt und geheimnisvoll, prächtig und düster, unverändert lebendig, voller Gefahr und Lockung. Und das waren die Menschen. Ich setzte mich mit einem Ruck auf. Eine Welle von Bewegung lief durch die Menge, über die Köpfe weg, schüttelte die Körper, lief den Quai entlang, in einem Wasserkräuseln, wie ein Windhauch über ein Feld – und alles war wieder reglos. Ich sehe es noch vor mir – den weiten Bogen der Bai, den leuchtenden Sand, die zahllosen Abstufungen von Grün, die See, blau wie ein Märchenmeer, die Menge aufmerksamer Gesichter, die vielen grellen Farben – das Wasser, das all das widerspiegelte, die Krümmung des Ufers, den Quai, das ausländische Fahrzeug mit dem hohen Heck und die drei Boote mit den müden westlichen Männern, die reglos schliefen, unbekümmert um das Land, die Leute und den heftigen Sonnenschein. Sie schliefen, quer über den Ruderbänken liegend, oder auf dem Bootsboden zusammengekrümmt, wie Tote. Dem alten Schiffer, der im Heck des Langboots lehnte, war der Kopf auf die Brust gesunken, und er sah aus, als wollte er nie wieder erwachen. Etwas weiter weg hielt der alte Mahon sein Gesicht dem Himmel zugekehrt, den langen weißen Bart über die Brust gebreitet, als wäre er dort am Steuerruder erschossen worden; und ein Mann schlief im Bug des Bootes zusammengekauert, hielt mit beiden Armen den Stevenlauf umfaßt und lehnte die Wange gegen das Dollbord. Der Osten blickte lautlos auf sie herab.

Ich habe seither seinen ganzen Zauber kennengelernt. Ich habe die geheimnisvollen Ufer gesehen, die stillen Wasser, die Länder der braunen Völker, wo eine tückische Nemesis auf der Lauer liegt und viele der Eroberer verfolgt und zur Strecke bringt, so viele, die stolz sind auf ihre Weisheit, auf ihr Wissen und auf ihre Kraft. Und doch liegt für mich der ganze Osten beschlossen in jenem ersten Anblick meiner Jugend. Für mich liegt er ganz im Augenblick, da ich meine jungen Augen zu ihm aufschlug. Ich kam zu ihm aus dem Kampf mit der See – und ich war jung – und sah, wie er mir ins Gesicht schaute. Und das ist alles, was mir davon geblieben ist; ein Augenblick, ein Augenblick der Kraft, der romantischen Verklärung – der Jugend! … Ein kurzer Sonnenstrahl auf einem fremden Ufer, die Zeit für eine Erinnerung, für einen Seufzer und – Lebewohl! – Nacht – Lebewohl! …«

Er trank.

»Oh, die gute alte Zeit, die gute alte Zeit – Jugend – und die See. Aller Zauber und die See! Die gute, starke See, die salzige, bittere See, die einem zuflüstern konnte, einem ins Gesicht brüllen und den Atem rauben!«

Er trank wieder.

»Es gibt nichts Herrlicheres als die See, finde ich, die See allein – oder macht es nur die Jugend? Wer kann es sagen? Doch ihr hier – ihr alle habt etwas vom Leben gehabt, Geld, Liebe – was immer man an Land erreicht – und, sagt mir, war es nicht die schönste Zeit, damals, als wir jung auf See waren? Jung waren und nichts besaßen, auf der See, die nichts gibt, außer harten Schlägen und mitunter einer Gelegenheit, sich der eigenen Kraft bewußt zu werden; ist es nicht das allein, was ihr alle bedauert?«

Und wir alle nickten ihm zu. Der Finanzmann, der Buchhalter, der Rechtsanwalt, wir alle nickten ihm zu, über den polierten Tisch weg, der wie eine stille braune Wasserfläche unsere runzeligen, faltigen Gesichter widerspiegelte; unsere Gesichter, die durch Arbeit, Enttäuschungen, Erfolg und Liebe gezeichnet waren, während unsere müden Augen immer noch, immer noch ängstlich nach etwas jenseits des Lebens ausschauten, das, während es noch ersehnt wird, auch schon verflogen ist – ungesehen, in einem Seufzer, einem Aufblitzen verflogen ist – zugleich mit der Jugend, zugleich mit der Kraft und dem Zauber des Selbstbetruges.

Gaspar Ruiz

1.

Ein Revolutionskrieg reißt so manche absonderliche Gestalten aus der Verborgenheit, die bei geordneten bürgerlichen Verhältnissen das gewöhnliche Los schlichter Leute ist.

Gewisse Persönlichkeiten werden berühmt durch ihre Laster und Tugenden, oder einfach durch ihre Taten, die eine zeitweilige Bedeutung haben mögen; und dann vergißt man sie. Nur die Namen einiger weniger Führer überdauern das Ende des bewaffneten Aufruhrs und werden in die Geschichte aufgenommen, so daß sie, aus dem lebenden Gedächtnis der Menschen entschwunden, in Büchern fortleben.

Der Name des Generals Santierra hat es zu dieser kalten, papierenen Unsterblichkeit gebracht. Er war ein Südamerikaner aus guter Familie, und die Bücher, die zu seinen Lebzeiten veröffentlicht wurden, zählten ihn unter die Befreier dieses Erdteils von der drückenden spanischen Herrschaft.

Dieser lange Krieg, der auf der einen Seite für die Unabhängigkeit und auf der anderen um die Herrschaft geführt wurde, nahm im Laufe der Jahre und unter den schwankenden Wechselfällen des Geschickes die unerbittliche Wildheit eines Kampfes auf Tod und Leben an. Jedes Gefühl von Barmherzigkeit und Mitleid verschwand in der Hochflut politischer Leidenschaften. Und wie es im Krieg gewöhnlich ist: die Masse des Volkes, die bei dem Ausgang am wenigsten zu gewinnen hatte, die litt am schwersten, an Leib und Leben und der armseligen Habe ihrer namenlosen Angehörigen.

General Santierra begann seine Laufbahn als Leutnant in der Patrio-tenarmee, ausgehoben und befehligt von dem berühmten San Martin, dem späteren Eroberer von Lima und Befreier Perus. Eine große Schlacht war eben an den Ufern des Bio-Bio-Flusses geschlagen worden. Unter den Gefangenen, die man unter den versprengten königlichen Truppen gemacht hatte, befand sich auch ein Soldat mit Namen Gaspar Ruiz. Sein riesenhafter Wuchs und der mächtige Kopf zeichneten ihn vor seinen Mitgefangenen aus. Seine Persönlichkeit war unverkennbar. Einige Monate zuvor war er, nach einem der vielen Scharmützel, die der großen

Schlacht vorangingen, in den Reihen der republikanischen Truppen vermißt worden. Und nun, da er, die Waffen in der Hand, auf der Seite der Königlichen ergriffen worden war, konnte er nur das eine Schicksal erwarten, als Deserteur erschossen zu werden.

Dennoch war Gaspar Ruiz kein Deserteur; sein Geist war wohl nicht gewandt genug, die Vorteile oder Gefahren des Verrates richtig einzuschätzen. Warum hätte er die Partei wechseln sollen? Man hatte ihn tatsächlich gefangengenommen; er hatte schlechte Behandlung und viele Entbehrungen zu erdulden gehabt. Beide Parteien waren gleich unnachsichtig gegen die Gegner. Es kam ein Tag, da man ihm befahl, zusammen mit einigen andern gefangenen Rebellen im vordersten Glied der königlichen Truppen zu marschieren. Man hatte ihm eine Muskete in die Hand gedrückt; er hatte sie genommen, war marschiert. Er hatte keine Lust gehabt, sich wegen einer Weigerung auf besonders grausame Weise töten zu lassen. Er wußte nichts von Heldentum, doch hatte er die Absicht, bei der ersten Gelegenheit die Muskete wegzuwerfen. Unterdessen hatte er weiter geladen und geschossen, aus Angst, daß ihm irgendein Unteroffizier des Königs von Spanien beim ersten Anzeichen von Widerwillen eine Kugel durch den Kopf jagen würde. Über ihn und einige zwanzig andere solcher Deserteure, die man summarisch zum Tode durch Erschießen verurteilt hatte, war eine Wache gesetzt, von einem Sergeanten befehligt; diesem suchte er nun seinen primitiven Gedankengang klarzumachen.

Es war im Viereck des Forts, im Rücken der Batterien, die die Reede von Valparaiso beherrschen. Der Offizier, der ihn identifiziert hatte, war fortgegangen, ohne auf seinen Einspruch zu hören. Sein Schicksal war besiegelt; seine Hände waren ganz fest hinter dem Rücken zusammengebunden; im ganzen Körper hatte er Schmerzen von den vielen Stockschlägen und Kolbenstößen, mit denen man ihn den mühseligen Weg vom Ort seiner Gefangennahme bis zum Festungstor hergetrieben hatte. Diese häufigen Hiebe waren das einzige Zeichen von Aufmerksamkeit, das die Gefangenen von der Eskorte während des viertägigen Marsches durch wasserarmes Gebiet empfangen hatten. Beim Übersetzen über die seltenen Flüsse erlaubte man ihnen, ihren Durst zu stillen, indem man sie hastig, wie die Hunde, schlappern ließ. Abends, wenn sie ganz zerschlagen auf dem steinigen Grund des Rastplatzes niedersanken, warf man ihnen ein paar Fetzen Fleisch zu.

Als er, nach einem nächtlichen Gewaltmarsch, am frühen Morgen im Vorhof des Kastells stand, da fühlte Gaspar Ruiz seine Kehle ausgedörrt, und die Zunge lag ihm trocken und schwer im Mund. Und Gaspar Ruiz war nicht nur sehr durstig, es nagte auch ein dumpfer Zorn an ihm, dem er allerdings nicht recht Ausdruck verleihen konnte; denn seine geistigen Fälligkeiten standen in keinem Verhältnis zu seiner Körperkraft.

Die übrigen Verurteilten ließen die Köpfe hängen und sahen verstockt zu Boden. Gaspar Ruiz aber wiederholte immerfort: »Warum hätte ich zu den Königlichen überlaufen sollen? Warum hätte ich überlaufen sollen? Sag mir, Estaban!«

Er wandte sich an den Sergeanten, der zufällig aus seiner Gegend war. Dieser aber zuckte nur einmal die mageren Schultern und kümmerte sich dann nicht weiter um die tiefe, murmelnde Stimme hinter ihm. Es war in der Tat nicht einzusehen, warum Gaspar Ruiz hätte überlaufen sollen. Seinen Leuten ging es viel zu elend, als daß sie die Nachteile eines Regierungswechsels hätten spüren können. Gaspar Ruiz hatte von sich aus keinen Grund zu wünschen, daß dem König von Spanien die Herrschaft erhalten bliebe. Ebensowenig hatte er sich für den Umsturz begeistert. Er war auf die selbstverständlichste und einfachste Art auf die Seite der Unabhängigkeitspartei gekommen. Eines Morgens war eine Bande Patrioten aufgetaucht, hatte in einem Umsehen, unter dem Rufe ›Viva la Libertad!‹, seines Vaters Ranch umringt, die Wachhunde erstochen und eine fette Kuh geschlachtet. Ihr Offizier sprach, nach einem langen und erfrischenden Schlaf, mit beredter Begeisterung über die Freiheit. Als sie abends aufbrachen und einige von des Vaters besten Pferden als Ersatz für ihre lahmen Tiere mitnahmen, da zog auch Gaspar Ruiz mit, den der redegewandte Offizier dringend dazu aufgefordert hatte. Kurz darauf kam eine Abteilung; königlicher Truppen, um den Distrikt zu beruhigen, brannte die Ranch nieder und trieb, was von Pferden und Vieh noch da war, fort; die alten Leute, ihrer ganzen irdischen Habe beraubt, blieben unter einem Busch sitzend zurück und konnten zusehen, wie sie mit den unschätzbaren Freuden des Daseins fertig wurden.

2.

Gaspar Ruiz, als Deserteur zum Tode verurteilt, dachte weder an seinen Heimatort noch an seine Eltern, denen er infolge seiner Gutmütigkeit und großen Körperstärke ein guter Sohn gewesen war. Der praktische Wert dieser Eigenschaften für seinen Vater wurde noch durch seine folgsame Veranlagung erhöht. Gaspar Ruiz hatte eine friedliebende Seele.

Jetzt aber war er bis zu einer Art stumpfer Empörung gereizt, da er durchaus keine Lust hatte, den Tod eines Verräters zu sterben. Er war kein Verräter. Wieder sagte er zu dem Sergeanten: »Du weißt, ich bin nicht desertiert, Estaban. Du weißt, ich bin mit drei andern unter den Bäumen zurückgeblieben, um den Feind aufzuhalten, während die Patrouille floh!«

Leutnant Santierra, fast noch ein Knabe damals und noch nicht an die blutigen Torheiten des Krieges gewöhnt, hatte sich in der Nähe aufgehalten, gleichsam fasziniert durch den Anblick dieser Leute, die nun erschossen werden sollten – ›zum Exempel‹, wie der *Commandante* gesagt hatte.

Der Sergeant wandte sich mit einem überlegenen Lächeln an den jungen Offizier, ohne den Gefangenen auch nur eines Blickes zu würdigen.

»Zehn Leute hätten nicht ausgereicht, um ihn gefangenzunehmen, *mi teniente.* Überdies sind die drei andern nach Dunkelwerden wieder zur Truppe gestoßen. Warum hätte er, unverwundet und der Stärkste von allen, das nicht auch tun sollen?«

»Meine Stärke ist gar nichts gegen einen Reiter mit einem Lasso«, protestierte Gaspar Ruiz lebhaft. »Er hat mich eine halbe Meile weit hinter seinem Pferde hergeschleift.«

Für diese ausgezeichnete Begründung hatte der Sergeant ein verächtliches Lächeln. Der junge Offizier rannte weg, um den Kommandanten zu suchen.

Bald darauf kam der Adjutant vorbei, ein widerborstiger, roher Mensch in einer zerlumpten Uniform, mit ausdruckslosem, gelbem Gesicht und schnarrender Stimme. Von dem erfuhr der Sergeant, daß die Verurteilten nicht vor Sonnenuntergang erschossen werden sollten;

daraufhin bat er um die Anweisung, was er bis dahin mit ihnen tun solle.

Der Adjutant blickte wütend über den Hof, zeigte dann auf die Tür eines kleinen kerkerartigen Wachzimmers, das Luft und Licht durch ein schwervergittertes Fenster bekam, und sagte: »Treibt die Schufte dahinein!«

Der Sergeant faßte den Stock fester, den er kraft seiner Würde trug, und befolgte den Befehl mit Feuereifer. Er schlug Gaspar Ruiz, der sich langsam bewegte, über Kopf und Schulter. Gaspar Ruiz stand einen Augenblick still unter dem Hagel von Hieben, biß sich nachdenklich auf die Lippe, als sei er von einer unerhörten Gedankenarbeit ganz in Anspruch genommen – und folgte dann den andern ohne Hast. Die Tür wurde verschlossen, und der Adjutant nahm den Schlüssel mit sich fort.

Am Mittag war die Hitze in dem niedrigen gewölbten Raum, der bis zum Ersticken überfüllt war, unerträglich geworden. Die Gefangenen drängten sich an das Fenster und baten ihre Wächter um einen Schluck Wasser; doch die Soldaten blieben in trägen Stellungen liegen, wo sich hinter den Wällen ein bißchen Schatten fand, während der Posten mit dem Rücken gegen die Tür saß, eine Zigarette rauchte und von Zeit zu Zeit philosophisch die Augenbrauen hochzog. Gaspar Ruiz hatte sich mit unwiderstehlicher Gewalt seinen Weg zum Fenster gebahnt. Seine mächtige Brust brauchte mehr Luft als die andern; sein großes Gesicht ruhte mit dem Kinn auf dem Fenstersims, war eng an die Stäbe gedrückt und schien die übrigen Gesichter zu stützen, die sich der Luft zudrängten. Das stöhnende Flehen war zum verzweifelten Geschrei geworden, und das Toben dieser durstigen Leute zwang einen jungen Offizier, der eben über den Hof ging, zu brüllen, um sich verständlich machen zu können.

»Warum gebt ihr den Gefangenen nicht ein wenig Wasser?«

Der Sergeant entschuldigte sich mit der Miene gekränkter Unschuld durch die Bemerkung, daß alle diese Leute dazu verurteilt seien, in wenigen Stunden zu sterben.

Leutnant Santierra stampfte mit dem Fuß. »Sie sind zum Tode verurteilt, nicht zur Marter«, schrie er. »Gebt ihnen sofort Wasser.«

Dieser augenscheinliche Ärger machte auf die Soldaten Eindruck. Sie begannen sich zu rühren, und die Schildwache nahm ihre Muskete auf und stand stramm.

Als man aber ein paar Krüge gefunden und am Brunnen gefüllt hatte, da zeigte es sich, daß man sie nicht durch die Eisenstäbe durchreichen konnte, weil diese zu eng standen. In der Hoffnung, ihren Durst löschen zu können, stürmten die Gefangenen ans Fenster, und das Jammern derer, die dabei niedergetreten wurden, klang fürchterlich. Als aber die Soldaten, die die Krüge zum Fenster gehoben hatten, sie nun hilflos wieder auf den Boden stellten, da waren die Aufschreie der Enttäuschung noch gräßlicher zu hören.

Die Soldaten der Unabhängigkeitsarmee waren nicht mit Feldflaschen ausgerüstet. Es fand sich eine kleine Zinnschale. Ihre Annäherung an das Fenster verursachte aber einen solchen Aufruhr, ein solches Wut- und Schmerzgebrüll in der undeutlichen Masse von Gliedern hinter den gespannten Gesichtern am Fenster, daß Leutnant Santierra sofort ausrief: »Nein, nein, du mußt die Tür aufmachen, Sergeant!«

Der Sergeant zuckte die Schultern und erklärte, daß er kein Recht hätte, die Tür zu öffnen, selbst wenn er den Schlüssel besäße. Den aber hätte er nicht. Der Garnisonsadjutant verwahrte den Schlüssel. Diese Leute da machten viel unnütze Schererei, da sie ja doch bei Sonnenuntergang unbedingt sterben müßten. Warum man sie nicht gleich morgens früh erschossen habe, könne er nicht verstehen.

Leutnant Santierra wandte dem Fenster hartnäckig den Rücken. Auf seine eifrigen Vorstellungen hin hatte der Kommandant die Exekution aufgeschoben. Diese Gunst war ihm gewährt worden mit Rücksicht auf seine Familie und auf die hohe Stellung seines Vaters unter den Führern der Republikanischen Partei. Leutnant Santierra glaubte, daß der Kommandierende General das Fort im Laufe des Nachmittags inspizieren würde, und in seiner Naivität hoffte er, daß seine Fürsprache diesen strengen Mann dazu bestimmen würde, wenigstens einige der Delinquenten zu begnadigen. Die Änderung seiner Gefühle ließ ihn seinen Schritt als eine verfehlte und kindische Einmischung erscheinen. Es war ihm plötzlich klar, daß der General nie seine Bitte auch nur anhören würde. Er konnte diese Leute nicht retten und hatte nur die Verantwortung auf sich geladen für die Leiden, die sich zu der Grausamkeit ihres Schicksals gesellt hatten.

»Dann gehe sofort und hole den Schlüssel vom Adjutanten«, sagte Leutnant Santierra.

Der Sergeant schüttelte mit schüchternem Lächeln den Kopf, während seine Augen seitwärts auf Gaspar Ruiz' Gesicht gerichtet waren, das unbewegt und schweigsam durch das Fenster starrte, unter einem Haufen anderer wüster, verzerrter Gesichter.

»Seine Gnaden der Herr Adjutant de Plaza hält eben Siesta«, murmelte der Sergeant; und selbst gesetzt den Fall, daß er, der Sergeant, sich bei ihm Zutritt verschaffen könnte, so wäre das einzig zu erwartende Ergebnis, daß man ihm die Seele aus dem Leibe prügeln würde, weil er es gewagt hatte, die Ruhe Seiner Gnaden zu stören. Er machte eine entschuldigende Handbewegung, stand stocksteif und blickte bescheiden auf seine braunen Zehen hinunter.

Leutnant Santierra bebte vor Entrüstung, zögerte aber doch. Sein hübsches, ovales Gesicht, glatt und weich wie das eines Mädchens, glühte vor Scham über seine Hilflosigkeit. Er fühlte sich gedemütigt. Seine bartlose Oberlippe zitterte; er schien im Begriff, entweder in einen Wutanfall oder in Schmerzenstränen auszubrechen.

Fünfzig Jahre später konnte sich der General Santierra, der ehrwürdige Veteran aus den Zeiten der Revolution, noch immer gut an die Gefühle des jungen Leutnants erinnern. Seitdem er das Reiten ganz aufgegeben hatte und sogar das Gehen über die Grenzen seines Gartens hinaus beschwerlich fand, war es dem General die größte Freude, in seinem Hause die Offiziere der fremden Kriegsschiffe zu bewirten, die den Hafen anliefen. Für Engländer, als alte Waffengefährten, hatte er eine Vorliebe. Die englischen Seeleute jeden Ranges nahmen seine Gastfreundschaft mit Neugier an, denn er hatte Lord Cochrane gekannt und an Bord der patriotischen Flotte, unter dem Befehl jenes unvergeßlichen Seehelden, die Blockade und sonstigen Manöver vor Callao mitgemacht – eine der glorreichsten Episoden in den Befreiungskämpfen und ein Ruhmesblatt in der kriegerischen Überlieferung der Engländer. – Er war ein leidlicher Sprachenkenner, dieser greise Veteran der Freiheitsarmee. Eine eigene Art, über seinen langen weißen Bart zu streichen, sooft ihm im Französischen oder Englischen ein Wort fehlte, gab seinen Erinnerungen den Anstrich behäbiger Würde.

3.

»Ja, meine Freunde«, pflegte er zu seinen Gästen zu sagen, »was wollen Sie? Ich war ein junger Mensch von siebzehn Jahren, ohne jede Lebenserfahrung und verdankte meinen Rang lediglich dem feurigen Patriotismus meines Vaters. Gott laß ihn in Frieden ruhen! Ich empfand eine unerhörte Demütigung, nicht so sehr wegen des Ungehorsams dieses Untergebenen, der ja schließlich und endlich für die Gefangenen verantwortlich war; sondern ich litt, weil ich, als der Junge, der ich war, Furcht hatte, selbst zum Adjutanten zu gehen. Ich hatte schon vorher seine rohe und bissige Art kennengelernt. Da er ein ganz gemeiner Mensch war, ohne anderes Verdienst als seinen wilden Mut, so ließ er mich seine Verachtung und Antipathie vom ersten Tag an fühlen, als ich zu dem Bataillon kam, das im Fort in Garnison war. Das war erst vierzehn Tage vorher gewesen. Ich wäre ihm mit dem Degen in der Hand gegenübergetreten. Vor seinem brutalen Spott aber schreckte ich zurück.

Ich kann mich nicht erinnern, daß ich je vorher oder nachher in meinem Leben mich so elend gefühlt hätte. Meine Nerven waren so qualvoll überreizt, daß ich wünschte, der Sergeant möchte tot niederfallen, und die stumpfsinnigen Soldaten, die mich anstarrten, möchten zu Leichnamen werden, und sogar die armseligen Kerle, denen ich durch meine Fürsprache eine Gnadenfrist erwirkt hatte, die sogar wollte ich tot sehen, weil ich ihnen nicht ins Gesicht schauen konnte, ohne mich zu schämen. Eine mörderische Hitze, wie ein Höllengestank, kam aus dem dunklen Loch, in dem sie eingeschlossen waren. Die gehört hatten, was vorging, schrien in heller Verzweiflung auf mich ein. Einer davon, zweifellos verrückt geworden, verlangte unaufhörlich, ich sollte den Soldaten befehlen, durch das Fenster zu schießen. Seine irrsinnige Zungenfertigkeit drehte mir das Herz um, und die Füße waren mir schwer wie Blei. Es war kein höherer Offizier in der Nähe, an den ich mich hätte wenden können. Ich brachte nicht einmal die Entschlußkraft auf, einfach wegzugehen. Ganz betäubt von meinen Gewissensbissen, stand ich mit dem Rücken gegen das Fenster. Sie müssen nicht glauben, daß das lange währte. Wie lange konnte es gewesen sein? Eine Minute? Wenn man es nach den seelischen Leiden messen wollte, dann war es wie hundert Jahre, länger als mein ganzes Leben seither. Nein, gewiß, es dauerte keine Minute. Das heisere Gebrüll der Unglücklichen erstarb ihnen in den trockenen Kehlen, und dann wurde plötzlich eine Stimme laut, eine tiefe Stimme, die leise murmelte. Sie forderte mich auf, mich umzuwenden.

Diese Stimme, Señores, kam aus dem Haupte von Gaspar Ruiz. Von seinem Körper konnte ich nichts sehen. Ein paar seiner Mitgefangenen waren auf seine Schultern geklettert. Er trug sie. Seine Augen zwinkerten, ohne mich anzusehen. Dies und die Bewegung seiner Lippen schien alles, dessen er unter seiner übermenschlichen Bürde fähig war. Und als ich mich umwandte, da fragte mich dieser Kopf – der überlebensgroß schien, wie er unter der Menge anderer Köpfe mit dem Kinn auf dem Sims ruhte –, fragte mich, ob ich wirklich entschlossen sei, den Durst der Gefangenen zu stillen.

Ich sagte lebhaft: ›Ja, ja‹ und trat ganz nahe an das Fenster heran. Ich war wie ein Kind und wußte nicht, was geschehen würde. Ich hatte nur den Wunsch, in meiner Hilflosigkeit und Reue getröstet zu werden.

›Können Sie, *Señor teniente,* meine Hände von den Fesseln befreien lassen?‹ fragte mich Gaspar Ruiz' Kopf.

Seine Züge drückten weder Angst noch Hoffnung aus; seine schweren Augenlider zwinkerten über seinen Augen, die an mir vorbei gerade in den Hof blickten.

Ich antwortete stammelnd, wie in einem bösen Traum: ›Was meinst du, und wie kann ich zu den Fesseln an deinen Händen kommen?‹

›Ich will versuchen, was ich tun kann‹, sagte er. Und dann bewegte sich endlich dieser große, starr blickende Kopf, und alle die wilden Gesichter, die im Fensterrahmen zusammengedrängt waren, verschwanden im Nu. Er hatte seine Bürde mit einer Bewegung abgeschüttelt, so stark war er.

Und er hatte sie nicht nur abgeschüttelt, sondern sich auch aus dem Getümmel frei gemacht, und ich sah ihn nicht mehr. Einen Augenblick lang war überhaupt niemand mehr am Fenster zu sehen. Er war herumgefahren, hatte mit den Schultern und den Füßen herumgestoßen und so für sich freien Raum geschaffen, in der einzig möglichen Art, da ja seine Hände hinter dem Rücken zusammengebunden waren.

Endlich wandte er dem Fenster den Rücken und streckte mir durch die Stäbe seine Fäuste entgegen, um deren Gelenke ein fester Strick in vielen Windungen geschlungen war. Seine Hände waren dick geschwollen und sahen mit den knotigen Venen ungeheuer groß und unbeholfen aus. Ich sah seinen gebeugten Rücken. Er war sehr breit. Seine Stimme klang wie das Brummen eines Stieres.

›Schneiden Sie, *Señor teniente,* schneiden Sie!‹

Ich zog meinen Säbel, dessen unberührte Schneide noch nicht gedient hatte, und sägte die vielen Windungen des Strickes durch. Ich tat dies, ohne mir über das Warum und Wozu klar zu sein, augenscheinlich nur deswegen, weil ich dem Manne vertraute. Der Sergeant tat, als wollte er laut hinausschreien. Doch die Verblüffung raubte ihm die Stimme, und er blieb mit offenem Munde stehen, als sei er jählings verblödet.

Ich versorgte den Säbel und wandte mich den Soldaten zu. An die Stelle ihrer gewöhnlichen stumpfen Teilnahmslosigkeit war ein Ausdruck gespannter Erwartung getreten. Ich hörte die Stimme von Gaspar Ruiz innen schreien, die Worte aber konnte ich nicht ganz verstehen. Ich denke mir, daß es den Eindruck seiner Stärke erhöhte, daß er die Hände frei hatte. Damit meine ich den geistigen Eindruck, den außergewöhnliche körperliche Kraft auf unwissende Leute macht; denn in Wirklichkeit war er wohl nicht mehr zu fürchten als vorher, da ja die Gefühllosigkeit seiner Arme und Hände geraume Zeit anhalten mußte.

Der Sergeant hatte die Sprache wiedergefunden. ›Bei allen Heiligen‹, schrie er, ›wir werden einen Berittenen mit einem Lasso brauchen, um ihn wieder unschädlich zu machen, wenn er zum Richtplatz geführt werden soll. Nur ein guter Enlazador auf einem guten Pferde kann mit ihm fertig werden. Euer Gnaden belieben da eine sehr dumme Sache gemacht zu haben.‹

Ich hatte nichts zu sagen. Ich war selbst überrascht und fühlte eine kindische Neugier, was wohl geschehen würde. Der Sergeant aber dachte an die Schwierigkeiten, die es machen würde, Gaspar Ruiz zu bändigen, wenn erst der Augenblick, ein Exempel zu statuieren, gekommen sein würde.

›Oder vielleicht‹, fuhr der Sergeant verärgert fort, ›werden wir ihn niederschießen müssen, wenn er herausstürzt, sobald die Tür geöffnet wird.‹ Er wollte sich noch in weiteren Vermutungen über die mögliche Vollstreckung des Urteils ergehen, brach aber mit einem plötzlichen Ausruf ab, riß einem Soldaten die Muskete weg und stand lauernd da, die Augen auf das Fenster gerichtet.«

4.

»Gaspar Ruiz war auf das Sims geklettert und saß dort, die Füße gegen die dicke Mauer gestützt und die Knie leicht angezogen. Das Fenster war nicht ganz breit genug für die Länge seiner Beine. Ich in meiner Verblüffung glaubte nicht anders, als daß er das Fenster für sich allein haben wollte. Er schien eine bequeme Stellung einzunehmen. Keiner von den Gefangenen wagte ihm nahe zu kommen, nun, da er mit den Händen schlagen konnte.

› *Por Dios*‹, hörte ich den Sergeanten hinter mir knurren. ›Ich werde ihn jetzt gleich durch den Kopf schießen, dann bin ich die Schererei los. Er ist ja doch verurteilt.‹

Daraufhin sah ich ihn ärgerlich an. ›Der General hat das Urteil noch nicht bestätigt‹, sagte ich, obgleich ich wohl wußte, daß das nur leere Worte waren. Das Urteil brauchte keine Bestätigung. ›Du hast kein Recht, ihn zu erschießen, außer er macht einen Fluchtversuch‹, fügte ich fest hinzu.

›Aber, *sangre de Dios!*‹ brüllte der Sergeant und riß die Muskete an die Schulter. ›Er will ja jetzt ausbrechen, sehen Sie doch!‹

Ich aber schlug den Lauf hoch, als habe Gaspar Ruiz mich behext, und die Kugel flog irgendwo über die Dächer. Der Sergeant stieß das Gewehr auf den Boden und stierte. Er hätte den Soldaten befehlen können, zu schießen, doch er tat es nicht. Und hätte er es getan, so hätten sie ihm gerade damals wohl nicht gehorcht.

Gaspar Ruiz saß still, die Füße gegen die dicke Mauer gestützt, seine haarigen Hände um die Eisenstange geklammert. Eine unverfängliche Stellung. Eine Zeitlang geschah gar nichts. Doch plötzlich dämmerte uns, daß er seinen Rücken straffte und die Arme anzog. Seine Lippen waren zusammengekniffen. Dann bemerkten wir, daß die schmiedeeiserne Stange sich unter seinem furchtbaren Druck langsam krümmte. Die Sonne traf voll auf seine zusammengekrümmte reglose Gestalt. Auf seiner Stirn brach der Schweiß in zahllosen Tropfen aus. Während ich es verfolgte, wie die Eisenstange sich krümmte, sah ich unter seinen Fingernägeln ein wenig Blut austreten. Dann ließ er los. Einen Augenblick lang blieb er ganz verkrümmt sitzen, ließ den Kopf hängen und blickte träge in die aufwärtsgekehrten Flächen seiner mächtigen Hände. Fast schien es, als sei er eingeschlafen. Plötzlich aber warf er sich zurück, stemmte die Sohlen seiner nackten Füße gegen die andere Mittelstange und bog auch diese, doch in entgegengesetzter Richtung als die erste.

So groß war seine Kraft, daß sie mich in diesem Fall von meinen schmerzlichen Gedanken befreite. Und der Mann schien nichts getan zu haben. Die eine Stellungsänderung ausgenommen, als er seine Füße brauchen wollte – diese hatte uns alle durch ihre Blitzesschnelle überrascht –, habe ich die Erinnerung an absolute Unbeweglichkeit. Doch er hatte die Stäbe sehr weit auseinandergebogen. Nun konnte er hinaus, wenn er wollte. Er ließ aber die Beine noch immer hängen, sah über die Schulter zurück und winkte den Soldaten. ›Reicht das Wasser herauf‹, sagte er. ›Ich will sie der Reihe nach trinken lassen.‹

Man gehorchte ihm. Einen Augenblick erwartete ich, daß Mann und Krug verschwinden, untergehen würden in dem wütenden Ansturm. Ich dachte, sie würden ihn mit den Zähnen herunterreißen. Es gab ein Getümmel. Er aber hielt den Krug am Henkel hoch und wehrte den Anprall nur mit den Füßen ab. Sie flogen bei jedem Stoß zurück, brüllten vor Schmerz; und die Soldaten lachten und sahen auf das Fenster.

Alle lachten und hielten sich die Seiten. Nur der Sergeant war düster und mürrisch. Er fürchtete, die Gefangenen würden sich erheben und ausbrechen – was eine schlimme Geschichte gewesen wäre; deswegen aber war keine Angst nötig, und ich stand selbst mit gezogenem Säbel vor dem geöffneten Fenster. Als sie durch Gaspar Ruiz' Kraft hinlänglich zahm gemacht waren, traten sie einer nach dem andern vor, reckten die Hälse und legten die Lippen an den Rand des Kruges, den ihnen der starke Mann von seinen Knien weg zuneigte, mit einem ganz merkwürdigen Ausdruck von Barmherzigkeit, Freundlichkeit und Mitgefühl. Dieses scheinbare Wohlwollen war natürlich nur die Folge seiner ganzen Stellung auf dem Sims und auch der Sorgfalt, mit der er es vermied, das Wasser zu verschütten; denn wenn ein Mann weiter mit seinen Lippen an dem Rand des Kruges klebte, nachdem ihm Gaspar Ruiz gesagt hatte: ›Du hast genug gehabt‹ da war wenig von Zärtlichkeit oder Barmherzigkeit zu merken in dem Fußstoß, der ihn heulend und hilflos weit in das Innere des Gefängnisses schleuderte, wo er noch zwei oder drei andere niederriß, bevor er selbst stürzte. Sie drängten sich wieder und wieder zu ihm; es sah aus, als wollten sie den Brunnen trocken trinken, bevor sie zum Tode gingen; den Soldaten aber machte Gaspar Ruiz' planvolles Vorgehen so viel Spaß, daß sie das Wasser bereitwillig zum Fenster schleppten.

Als der Adjutant nach seiner Siesta herauskam, da gab es wegen dieser Geschichte einigen Krach, kann ich Ihnen versichern. Und das Schlimmste dabei war, daß der General, den wir erwartet hatten, an dem Tage gar nicht in die Festung kam.«

Die Gäste des Generals Santierra sprachen einstimmig ihr Bedauern darüber aus, daß ein Mann von solcher Körperstärke und Duldsamkeit nicht gerettet worden sei.

»Er wurde nicht durch meine Vermittlung gerettet«, sagte der General. »Die Gefangenen wurden eine halbe Stunde vor Sonnenuntergang zur Hinrichtung geführt. Gaspar Ruiz machte keine Schwierigkeiten, entgegen den Befürchtungen des Sergeanten. Es wurde kein Berittener mit einem Lasso gebraucht, um ihn zu überwältigen, als wäre er ein wilder Stier aus dem *campo*. Soviel ich weiß, marschierte er mit freien Händen hinaus, zwischen den andern, die gefesselt waren. Ich habe es nicht gesehen. Ich war nicht dabei. Ich war in Arrest gesetzt worden, weil ich mich in die Bewachung der Gefangenen eingemischt hatte. Um die Dämmerstunde, als ich betrübt in meinem Quartier saß, hörte ich drei Salven und dachte, daß ich nie wieder von Gaspar Ruiz hören würde. Er fiel mit den andern. Aber wir hörten trotzdem noch von ihm, obwohl sich der Sergeant brüstete, daß er ihn mit dem Säbel über den Nacken gehauen habe, als er tot oder sterbend unter den Leichen lag. Das habe er getan, sagte er, um ganz sicher die Welt von einem gefährlichen Verbrecher zu befreien.

Ich gestehe Ihnen, Señores, daß ich an diesen starken Mann mit einer Art Dankbarkeit und Bewunderung dachte. Er hatte seine Kraft ehrlich benutzt. In seinem Herzen lebte nicht die Wildheit, die seiner Körperkraft entsprochen hätte.«

5.

Gaspar Ruiz, der mühelos die schweren Eisenstäbe des Kerkerfensters ausbiegen konnte, wurde mit den andern zur summarischen Hinrichtung hinausgeführt. ›Nicht jede Kugel trifft!‹ heißt das Sprichwort. Das ganze Verdienst von Sprichwörtern besteht in der treffenden und malerischen Ausdrucksweise. Ihre überzeugende Wirkung erklärt sich aus unserer Überraschung. Mit andern Worten, wir werden durch die Erschütterung überzeugt.

Was uns überrascht, ist die Form, nicht der Inhalt. Sprichwörter sind Kunst – billige Kunst; im allgemeinen sind sie nicht wahr; außer sie enthalten platte Banalitäten, wie zum Beispiel das Sprichwort: ›Besser eine Laus am Kraut, als gar kein Fleisch‹ oder ähnliche.

Einige Sprichwörter sind einfach blödsinnig, andere unmoralisch. Das eine, das aus dem naiven Gemüt des großen russischen Volkes heraus geboren wurde: ›Der Mensch feuert das Gewehr ab, aber Gott lenkt die

Kugel!‹, ist von grauenhafter Frömmigkeit und ein bitteres Widerspiel zu der allgemeinen Auffassung von einem barmherzigen Gott. In der Tat wäre es eine unpassende Beschäftigung für den Beschützer der Armen, Unschuldigen und Hilflosen, die Kugel, sagen wir, in das Herz eines Vaters zu lenken.

Gaspar Ruiz war kinderlos, hatte keine Frau, hatte die Liebe nie gekannt. Er hatte wohl kaum je zu einer Frau gesprochen. Seine Mutter ausgenommen und die alte Negerin des Haushalts, deren runzlige Haut aschfarben und deren kümmerlicher Leib vom Alter verkrümmt war. Wenn einige von den Kugeln aus den Musketen, die da auf fünfzehn Schritte abgefeuert wurden, für Gaspar Ruiz' Herz bestimmt waren, dann verfehlten sie alle ihr Ziel. Immerhin nahm eine ein kleines Stück von seinem Ohr weg und eine andere einen Fleischfetzen von seiner Schulter.

Eine rote, wolkenlose Sonne senkte sich in den purpurnen Ozean und blickte mit starrem Stolz auf den mächtigen Wall der Kordilleren, die würdigen Zeugen ihres glorreichen Aufganges. Doch es ist kaum anzunehmen, daß sie auch die ameisengroßen Menschlein sah, die sich in törichter und lächerlicher Weise abmühten, zu töten und zu sterben, aus Gründen, die nicht nur an und für sich kindisch, sondern überdies auch nicht ganz verstanden waren. Jedenfalls beleuchtete die Sonne die Rücken des feuernden Pelotons und die Gesichter der Verurteilten. Von diesen waren einige auf die Knie gesunken, andere standen aufrecht, ganz wenige hatten die Köpfe von den erhobenen Flintenläufen abgewendet. Gaspar Ruiz, aufrecht, der größte von allen, ließ seinen ungefügen Kopf hängen. Die tiefstehende Sonne blendete ihn ein wenig, und er fühlte sich schon als toten Mann.

Er fiel bei der ersten Salve. Er fiel, weil er überzeugt war, daß er tot sei. Er schlug schwer auf den Boden auf. Der Ruck des Sturzes überraschte ihn. Ich bin offenbar nicht tot, dachte er sich, während er hörte, wie das Peloton auf Kommando neu lud. Da dämmerte in ihm zum erstenmal die Hoffnung auf Rettung. Er blieb mit straffen Gliedern ausgestreckt liegen, unter dem Gewicht von zwei Körpern, die kreuzweise über seinem Rücken niedergebrochen waren.

Während die Soldaten eine dritte Salve in den fast reglosen Leichenberg gefeuert hatten, war die Sonne den Blicken entschwunden, und fast unmittelbar nach dem Erlöschen des Ozeans fiel das Dunkel auf die Küsten der jungen Republik. Über dem düstern Tiefland blieben die schneeigen Spitzen der Kordilleren noch lange Zeit in leuchtender Glut. Die Soldaten setzten sich nieder und rauchten, bevor sie zum Fort zurückmarschierten. Der Sergeant schlenderte aus eigenem Antrieb durch die Reihen der Toten, den bloßen Säbel in der Hand. Er war ein gefühlvoller Mann und spähte nach irgendeinem noch so leisen Zucken, in der menschenfreundlichen Absicht, seine Klinge in jeden Leib zu bohren, der noch das geringste Lebenszeichen geben würde. Doch keiner der Körper bot ihm die Gelegenheit, seine Barmherzigkeit zu betätigen. Kein Muskel zuckte unter ihnen. Nicht einmal die mächtigen Muskeln von Gaspar Ruiz, der sich, von dem Blut seiner Nachbarn besudelt, tot stellte und sich bemühte, noch lebloser zu erscheinen als die andern.

Er lag mit dem Gesicht nach unten. Der Sergeant erkannte ihn an seiner Gestalt; und da er selbst ein sehr kleiner Mann war, so sah er mit Neid und Verachtung auf die große Kraft, die da niedergestreckt lag. Er hatte gerade diesen Soldaten nie leiden mögen. Von einer dunklen Feindseligkeit geleitet, führte er einen mächtigen Hieb nach dem Hals von Gaspar Ruiz, auch in der vagen Absicht vielleicht, sich des Todes dieses starken Mannes zu versichern, als könnte ein kraftvoller Körper eher den Kugeln widerstehen. Denn der Sergeant zweifelte nicht daran, daß Gaspar Ruiz vielfach getroffen war. Dann ging er weiter und marschierte bald darauf mit seinen Leuten ab; die Leichen wurden den Krähen und Geiern überlassen. Gaspar Ruiz hatte nicht geschrien, obwohl er das Gefühl hatte, daß ihm das Haupt abgeschlagen worden sei, und als die Dunkelheit kam, schüttelte er die Toten ab, deren Gewicht ihn bedrückt hatte, und kroch auf Händen und Füßen über die Ebene fort. Nachdem er, wie ein wundes Tier, an einem seichten Bach viel getrunken hatte, richtete er sich auf und wankte mit leerem Kopf ziellos davon, wie verloren unter den Sternen der klaren Nacht. Ein kleines Haus schien vor ihm aus dem Boden zu wachsen. Er taumelte unter das Vordach und schlug mit den Fäusten an die Tür. Es gab keinen Lichtschimmer. Gaspar Ruiz hätte glauben können, daß die Einwohner geflohen seien, wie die so vieler anderer Häuser in der Nachbarschaft, hätten nicht laute Schmähreden auf sein Klopfen geantwortet. In seinem fieberhaft geschwächten Zustand schien ihm das ärgerliche Kreischen eine Sinnestäuschung, die weitere Fortsetzung des höllischen Traumes, von seiner unerwarteten Verurteilung zum Tode, von dem Durst, den er gelitten hatte, von den Salven, die auf fünfzehn Schritt gegen ihn abgefeuert worden waren, und von dem Streich, der ihm das Haupt vom Rumpf geschlagen hatte. »Öffnet die Tür«, schrie er, »öffnet in Gottes Namen!« Eine wütende Stimme krächzte ihm entgegen: »Kommt herein, dieses Haus gehört euch. Das ganze Land gehört euch. Kommt und nehmt es euch.«

»Um Gottes Barmherzigkeit willen«, murmelte Gaspar Ruiz.

»Gehört nicht das ganze Land euch Patrioten?« kreischte die Stimme auf der andern Seite der Tür weiter. »Bist du kein Patriot?«

Gaspar Ruiz wußte es nicht. »Ich bin ein Verwundeter«, sagte er apathisch.

Innen wurde alles still. Gaspar Ruiz gab die Hoffnung auf, eingelassen zu werden, und legte sich unter dem Vordach gerade vor der Tür nieder. Es war ihm völlig gleichgültig, was mit ihm geschehen würde. Sein ganzes Bewußtsein schien in seinem Nacken konzentriert, wo er einen wütenden Schmerz empfand. Seine Gleichgültigkeit gegen sein Geschick war echt.

Der Tag brach an, als er aus einem fiebrigen Halbschlummer erwachte. Die Tür, an die er im Dunkeln gepocht hatte, stand nun weit offen, und ein Mädchen lehnte an den Pfosten und stützte sich mit den ausgebreiteten Armen. Er lag auf dem Rücken und starrte zu ihr empor. Ihr Gesicht war bleich, und ihre Augen waren ganz dunkel. Ihr hängendes Haar schien schwarz wie Ebenholz gegen die weißen Wangen. Ihre Lippen waren voll und rot. Hinter ihr sah er einen anderen Kopf, mit langen grauen Haaren und einem dünnen Gesicht mit einem Paar ängstlich gefalteter Hände unter dem Kinn.

6.

»Ich kannte die Leute vom Sehen«, pflegte General Santierra seinen Gästen beim Abendtisch zu erzählen. »Ich meine die Leute, bei denen Gaspar Ruiz Aufnahme fand. Der Vater war ein alter Spanier, der ehemals begütert gewesen und durch die Revolution ruiniert worden war – seine Ländereien, sein Landhaus, sein Geld, alles, was er in der Welt sein Eigen nannte, war durch Proklamation konfisziert worden, denn er war ein bitterer Feind unserer Unabhängigkeit. Nachdem er einst eine einflußreiche und ehrenvolle Stellung im Rate des Vizekönigs eingenommen hatte, war er nun zu noch geringerer Bedeutung herabgesunken als seine eigenen Negersklaven, die durch unsere glorreiche Revolution frei geworden waren. Er hatte nicht einmal die Mittel, aus dem Lande zu fliehen, was andere Spanier getan hatten. Während er so, zugrunde gerichtet und heimatlos, herumwanderte, mit nichts als mit seinem Leben beladen, das ihm durch die Milde der provisorischen Regierung erhalten geblieben war, da mag er vielleicht unter dem morschen Dach der alten Hütte untergekrochen sein. Es war ein einsamer Ort. Nicht einmal ein Hund schien dazu zu gehören. Obwohl zwar das Dach Löcher hatte, als hätten ein oder zwei Kanonenkugeln durchgeschlagen, waren doch die Holzläden stark und die ganze Zeit über dicht geschlossen.

Mein Weg führte mich häufig an der elenden Ranch vorbei. Ich ritt fast jeden Abend vom Fort zur Stadt, um vor dem Haus einer Dame zu seufzen, die ich liebte – damals. Wenn man jung ist, Sie verstehen … Sie war eine gute Patriotin, das können Sie sich denken. Caballeros, glauben Sie mir oder nicht, die politischen Leidenschaften gingen so hoch in jenen Tagen, daß ich mir nicht vorstellen kann, wie mich die Reize einer Frau von royalistischer Gesinnung hätten anziehen können …«

Ein Murmeln heiterer Ungläubigkeit rings um den Tisch unterbrach den General. Er streichelte unterdessen ernst seinen weißen Bart.

»Señores«, fuhr er fort, »ein Royalist war ein Untier für unsere überspannten Gefühle. Das sage ich Ihnen, um nicht den Verdacht aufkommen zu lassen, als hätte ich auch nur die leiseste Zärtlichkeit für die Tochter jenes Royalisten empfunden. Überdies war ja auch, wie Sie wissen, mein Herz anderweitig vergeben. Ich konnte nur nicht umhin, sie zeitweilig zu bemerken, wenn sie bei offener Haustür in der Vorhalle stand.

Sie müssen wissen, daß dieser alte Royalist so verrückt war, wie ein Mann es nur sein kann. Sein politisches Mißgeschick, sein völliger Niedergang und Ruin hatten seinen Geist verwirrt. Um seine Verachtung für alles zu beweisen, was wir Patrioten tun konnten, lachte er prahlerisch zu seiner Gefangennahme, zu der Einziehung seiner Güter, der Einäscherung seiner Häuser und zu dem Elend, zu dem er und die beiden Frauen verdammt waren. Diese Gewohnheit, zu lachen, hatte sich in ihm so festgesetzt, daß er laut zu lachen und zu schreien begann, sooft er einen Fremden zu Gesicht bekam. So äußerte sich seine Verrücktheit.

Ich natürlich verachtete das Lärmen dieses Irren aus dem Gefühl von Überlegenheit heraus, das der Erfolg unserer Sache uns Amerikanern einflößte. Ich glaube, ich verachtete ihn wirklich, weil er ein alter Kastilier war, ein geborener Spanier und ein Royalist. Das waren ja gewiß keine Gründe, auf einen Mann herabzusehen; doch jahrhundertelang hatten geborene Spanier uns Amerikanern ihre Verachtung gezeigt, obgleich wir von ebenso guter Abstammung waren wie sie – nur weil wir Kolonisten waren, wie sie es nannten. Wir waren gedemütigt worden und hatten unsere soziale Minderwertigkeit zu fühlen bekommen. Nun war die Reihe an uns. Es war ganz in Ordnung, wenn wir Patrioten nun dieselben Anschauungen betätigten; und da ich ein junger Patriot war und der Sohn eines Patrioten, so verachtete ich den alten Spanier, und da ich ihn verachtete, so überhörte ich natürlich seine Schmähreden, obwohl sie mir zuwider waren. Andere wären vielleicht nicht so nachsichtig gewesen. Er pflegte mit einem lauten Aufschrei zu beginnen. ›Ich sehe einen Patrioten. Wieder einer!‹ Lange bevor ich an das Haus kam. Der Ton seiner sinnlosen Schimpfereien, in die sich Lachausbrüche mischten, war bald durchdringend schrill, bald tiefernst. Das Ganze war völlig verrückt. Doch ich hielt es für unvereinbar mit meiner Würde, mein Pferd anzuhalten oder auch nur nach dem Hause hinzusehen, gerade als kümmerte mich das Geschrei des Mannes im Hausflur weniger als das Bellen eines Köters. Ich ritt immer mit dem Ausdruck hochmütiger Gleichgültigkeit vorbei.

Das war zweifellos äußerst würdig; ich hätte aber besser daran getan, die Augen offenzuhalten. Ein Soldat sollte sich im Kriege niemals dienstfrei fühlen, und besonders nicht in einem Revolutionskrieg, wenn der Feind nicht vor der Tür, sondern im eigenen Hause ist. Zu solchen Zeiten arten die leidenschaftlichen Überzeugungen bis zum blinden Haß aus und nehmen vielen Männern die Begriffe von Ehre und Menschlichkeit und manchen Frauen alle Furcht und Scheu. Diese letzteren werden, wenn sie erst einmal die Schüchternheit und Zurückhaltung ihres Geschlechtes von sich geworfen haben, durch die Lebhaftigkeit ihres Geistes und die Wut ihrer unerbittlichen Rachgier gefährlicher als bewaffnete Riesen.«

Die Stimme des Generals klang lauter, doch seine große Hand streichelte den weißen Bart zweimal mit dem Anschein würdiger Ruhe. »*Sí*, Señores! Frauen sind ebensowohl imstande, die Höhen von Ergebung zu erklimmen, die uns Männern unerreichbar sind, wie auch in die tiefsten Tiefen einer Erniedrigung hinabzusteigen, die unsern männlichen

Vorurteilen unverständlich ist. Ich spreche von Ausnahmen unter den Frauen, Sie verstehen ...«

Hier warf einer der Gäste ein, daß er noch nie eine Frau getroffen habe, die nicht imstande gewesen wäre, sich ganz unerhört zu entfalten, sobald nur ihre Gefühle durch irgendwelche Umstände stark geweckt waren. »Diese Art von überlegener Rücksichtslosigkeit, die sie vor uns voraus haben«, schloß er, »macht sie zur reizvolleren Hälfte der Menschheit.«

Der General, der die Unterbrechung ernst hinnahm, nickte höfliche Zustimmung. »*Si! Si!* Unter Umständen ... gewiß. Sie können auf ganz unerwartete Weise unerhörtes Unheil anrichten, denn wer hätte sich einfallen lassen, daß ein junges Mädchen, die Tochter eines ruinierten Royalisten, der sein Leben nur der Verachtung seiner Feinde dankte, daß dieses Mädchen also die Macht haben sollte, Tod und Verwüstung über zwei blühende Provinzen zu bringen und den Führern der Revolution noch im Augenblick des Erfolges ernstliche Sorge zu bereiten!« Er machte eine Pause, um das Wunderbare ganz auf uns wirken zu lassen.

»Tod und Verwüstung«, murmelte jemand überrascht. »Ganz unfaßbar.«

Der alte General warf einen raschen Blick in die Richtung, aus der das Murmeln kam, und fuhr fort: »Ja, das heißt Krieg – Unglück. Doch die Mittel, durch die sie sich die Möglichkeit verschaffte, dieses Gemetzel an der Südgrenze anzurichten, scheinen mir, der ich sie gekannt und gesprochen habe, noch viel unfaßbarer. Diese eine Erfahrung hat einen schrecklichen Eindruck in mir hinterlassen, den mein späteres Leben, über fünfzig Jahre, nicht verwischen konnte«.

Er blickte umher, als wollte er sich unserer Aufmerksamkeit versichern, änderte den Ton und erzählte weiter: »Ich bin, wie Sie wissen, ein Republikaner, der Sohn eines Befreiers«, erklärte er. »Meine unvergleichliche Mutter – Gott laß sie in Frieden ruhen – war Französin, die Tochter eines glühenden Republikaners. Als Knabe schon habe ich für die Freiheit gekämpft; ich habe immer an die Gleichheit der Menschen geglaubt; und daß sie alle Brüder sind, das scheint mir noch viel sicherer. Sehen Sie sich die wilde Feindseligkeit an, die sie in ihren Zwistigkeiten entfalten; und was in der Welt ist so unerbittlich feindselig wie ein Bruderzwist?«

Der vollkommene Mangel an Zynismus schaltete jeden Gedanken daran aus, diese Ansichten über die Verbrüderung der Menschheit zu belächeln. Im Gegenteil, in dem Ton klang die natürliche Melancholie eines im Grunde mildherzigen Mannes mit, der aus Beruf, Überzeugung und Notwendigkeit an Szenen voll blutiger Grausamkeit teilgenommen hatte.

Der General hatte viel mörderischen Bruderstreit gesehen. »Gewiß, kein Zweifel, daß sie Brüder sind«, beharrte er. »Alle Männer sind Brüder und wissen daher viel zuviel voneinander, aber –« und dabei begannen in dem alten silberweißen Patriotenkopf die schwarzen Augen lustig zu zwinkern, »wenn wir alle Brüder sind, so sind nicht alle Frauen unsere Schwestern.«

Man hörte einen der jüngeren Gäste halblaut seine Befriedigung hierüber ausdrücken. Doch der General fuhr mit neuem Ernst fort: »Sie sind so verschieden! Das Märchen von dem König, der ein Bettelmädchen erwählte, um den Thron mit ihr zu teilen, mag ganz hübsch sein, soweit es die Anschauungen von uns Männern über uns selbst und die Liebe betrifft. Doch daß ein junges Mädchen, berühmt wegen ihrer königlichen Schönheit und noch kurz zuvor die unbestrittene, bewunderte Herrin auf allen Bällen im Palast des Vizekönigs, daß die einem Guasso, einem ganz gemeinen Bauern, ihre Hand geben sollte, das ist mit unsern Begriffen von Frauen und ihrer Liebe unvereinbar. Doch muß man sagen, daß es in ihrem Falle der Wahnsinn des Hasses, nicht der Liebe war.«

Nachdem er diese Entschuldigung in ritterlichem Gerechtigkeitssinn vorgebracht hatte, schwieg der General eine Zeitlang. »Ich ritt fast täglich an dem Haus vorbei«, hob er wieder an, »und dies ging darinnen vor. Wie es aber geschah, das wird wohl kein Männerverstand erfassen können. Ihre Verzweiflung muß grenzenlos gewesen sein, und Gaspar Ruiz war ein gelehriger Bursche. Er war ein gehorsamer Soldat gewesen. Seine Körperkraft war wie ein ungeheurer Stein, der auf dem Boden liegt und auf die Hand wartet, die ihn da- oder dorthin schleudern soll.

Es ist klar, daß er den Leuten, die ihm das so nötige Obdach gaben, seine Geschichte erzählt haben muß; und er brauchte dringend Beistand. Seine Wunde war nicht gefährlich, doch sein Leben war verwirkt. Da der alte Royalist ganz in seinem lachenden Irrsinn befangen war, so richteten die beiden Frauen dem Verwundeten in einem der Schuppen unter den Obstbäumen hinter dem Haus ein Versteck her. Dieser Unterschlupf, reichlich frisches Wasser, während er im Fieber lag, und ein paar mitleidige Worte waren alles, was sie zu geben hatten. Ich vermute, er bekam auch seinen Anteil an der Nahrung. Soviel davon da war. Es kann nur wenig gewesen sein. Eine Handvoll geröstetes Korn, vielleicht ein Bohnengericht oder ein Stück Brot mit ein paar Feigen. Zu solcher Armut waren diese stolzen und ehemals reichen Leute herabgesunken.«

7.

General Santierra hatte mit seiner Vermutung bezüglich des Beistandes recht, der Gaspar Ruiz, dem Bauern und Bauernsohn, von der royalistischen Familie gewährt worden war, deren Tochter die Tür ihres kümmerlichen Heims vor seinem völligen Elend geöffnet hatte. Ihre finstere Entschlossenheit gab ihr die Herrschaft über den Irrsinn des Vaters und die sprachlose Verwirrung der Mutter.

Sie hatte den fremden Mann auf der Schwelle gefragt: »Wer hat dich verwundet?«

»Die Soldaten, Señora«, hatte Gaspar Ruiz mit schwacher Stimme geantwortet.

»Patrioten?«

»*Sí.*«

»Warum?«

»Deserteur«, keuchte er und lehnte sich an die Mauer, während ihre schwarzen Augen forschend auf ihm ruhten. »Man ließ mich für tot da oben liegen.«

Sie führte ihn durch das Haus zu einer kleinen Hütte aus Lehm und Schilf, ganz verborgen in dem hohen Gras des verwilderten Obstgartens. Er sank auf einen Haufen Maisstroh in einem Winkel und seufzte tief.

»Hier wird dich niemand suchen«, sagte sie und blickte auf ihn herunter. »Niemand kommt in unsere Nähe. Auch uns hat man für tot liegenlassen – hier.«

Er drehte sich verlegen auf dem schmutzigen Strohhaufen, und der Schmerz in seinem Nacken erpreßte ihm fiebriges Stöhnen. »Ich will es Estaban eines Tages schon zeigen, daß ich noch lebe«, murmelte er.

Er nahm ihre Pflege schweigend an, und die vielen Schmerzenstage gingen vorüber. Ihr Erscheinen in der Hütte brachte ihm Erleichterung und verknüpfte sich mit den Fieberträumen von Engeln, die sein Lager besuchten; denn Gaspar Ruiz war in die Wunderlehre seiner Religion eingeweiht und hatte sogar von dem Priester seines Dorfes ein wenig Schreiben und Lesen gelernt. Er erwartete sie mit Ungeduld und sah sie mit wildem Schmerz aus der dunklen Hütte hinaustreten und im blendenden Sonnenschein verschwinden. Während er dalag und sich so ganz schwach fühlte, machte er die Entdeckung, daß er sich ihr Bild ungemein deutlich vergegenwärtigen konnte, wenn er nur die Augen schloß. Und diese neu entdeckte Fähigkeit versüßte ihm die langen einsamen Stunden seiner Genesung. Später, als seine Kräfte wieder zurückzukehren begannen, kroch er um die Dämmerstunde zum Hause und saß auf der Schwelle der Gartentür.

In einem der Zimmer schritt der verrückte Vater auf und ab, führte murmelnde Selbstgespräche und lachte zwischendurch plötzlich auf. Am Gange saß die Mutter auf einem Stuhl, seufzte und stöhnte. Die Tochter, in rauher abgetragener Kleidung, das weiße, magere Gesicht halb verborgen unter einer groben Manta, stand gegen den Türpfosten gelehnt. Gaspar Ruiz hielt die Ellbogen auf die Knie, den Kopf in die Hände gestützt und sprach leise zu den beiden Frauen.

Das gemeinsame Elend der Geächteten hätte ein Unterstreichen der sozialen Unterschiede als blutigen Hohn erscheinen lassen. Gaspar Ruiz in seiner Einfalt verstand das. Durch seine Gefangenschaft unter den Royalisten war er in der Lage, ihnen Nachricht zu geben von Leuten, die sie kannten. Er beschrieb ihr Aussehen; und wenn er die Geschichte der Schlacht erzählte, in der er abermals gefangengenommen worden war, da bejammerten die beiden Frauen die Niederlage ihrer Partei und den Ruin ihrer geheimen Hoffnungen.

Sein Gefühl drängte ihn nach keiner der beiden Seiten. Doch er empfand eine tiefe Ergebenheit für das junge Mädchen. In dem Bestreben, sich ihrer Herablassung würdig zu erweisen, rühmte er sich ein wenig seiner Körperkraft. Er hatte nichts sonst, dessen er sich hätte rühmen können. Ebendieser Eigenschaft wegen behandelten ihn seine Kameraden ganz mit der Ehrerbietung, erklärte er, als wäre er ein Sergeant gewesen, im Lager sowohl wie auch im Felde.

»Ich konnte immer so viele ich nur wollte dazu bewegen, mir überallhin zu folgen, Señorita. Eigentlich hätte man mich zum Offizier machen müssen, denn ich kann lesen und schreiben.«

Hinter ihm seufzte die schweigsame alte Dame von Zeit zu Zeit schwer auf; der Vater murmelte irr vor sich hin und durchmaß die *sala*; und Gaspar Ruiz erhob dann und wann die Augen und blickte die Tochter dieser Leute an.

In seinem Blick lag Neugier, weil sie lebte, und doch auch jenes Gefühl von Vertrautheit und Ehrfurcht, mit dem er in Kirchen die unbeseelten und machtvollen Statuen der Heiligen betrachtet hatte, deren Fürsprache man in Gefahren und Nöten erfleht. Und seine Not war groß.

Er konnte sich nicht immer und ewig in einem Obstgarten verborgen halten. Er wußte auch sehr gut, daß er keinen halben Tag weit in irgendeiner Richtung gehen konnte, ohne von einer der Kavalleriepatrouillen, die das ganze Land durchstreiften, aufgegriffen und in ein oder das andere Lager gebracht zu werden, wo die Patriotenarmee, die Peru befreien sollte, versammelt war. Dort würde man ihn dann als Gaspar Ruiz – der zu den Royalisten desertiert war – erkennen und diesmal zweifellos ganz gründlich erschießen. Auf der ganzen Welt schien für den unschuldigen Gaspar Ruiz nirgends ein Platz zu sein. Bei diesem Gedanken ergab sich seine einfache Seele einer düsteren Verbitterung, schwarz wie die Nacht.

Sie hatten ihn mit Gewalt zum Soldaten gemacht. Er hatte nichts dagegen einzuwenden gehabt, Soldat zu sein. Und er war ein guter Soldat gewesen, ebenso wie er ein guter Sohn gewesen war, wegen seiner Folgsamkeit und Stärke. Doch nun hatte er für beides keine Verwendung. Man hatte ihn von seinen Eltern weggenommen, und er konnte auch nicht länger Soldat sein – kein guter Soldat wenigstens. Niemand würde seine Erklärungen anhören wollen. Was für eine Ungerechtigkeit das war! Welche Ungerechtigkeit!

Und mit betrübtem Murmeln brachte er die Geschichte seiner ersten und zweiten Gefangennahme zum zwanzigstenmal vor. Dann erhob er den Blick zu dem schweigenden Mädchen im Türrahmen und sagte wohl mit einem tiefen Seufzer: »*Sí*, Señorita, die Ungerechtigkeit hat den armen Atem in meiner Brust ganz wertlos gemacht. Für mich und alle andern. Mir ist es gleich, wer mir ihn raubt.«

Eines Abends, als er so dem Kummer seiner wunden Seele Ausdruck gab, ließ sie sich zu der Bemerkung herbei, daß sie, wenn sie ein Mann wäre, kein Leben für wertlos erachten wolle, das noch die Möglichkeit der Rache in sich schlösse.

Sie schien zu sich selbst zu sprechen. Ihre Stimme klang leise. Er trank die zarten, verträumten Laute mit dem Gefühl unerhörter Entzückung ein, als durchwärmten sie seine Brust wie ein Schluck edlen Weins.

»Es ist wahr, Señorita«, sagte er und wandte langsam sein Gesicht dem ihren zu. »Da ist Estaban, dem ich zeigen muß, daß ich doch nicht tot bin.«

Das Murmeln des irren Vaters hatte langsam aufgehört; die seufzende Mutter hatte sich in irgendeines der leeren Zimmer zurückgezogen. Innen und ringsum war alles gleich still, im taghellen Mondlicht, das über dem verwilderten Garten und seinen tintigen Schatten lag. Gaspar Ruiz sah, daß Doña Erminias schwarze Augen auf ihn gerichtet waren.

»Ach, der Sergeant!« murmelte sie geringschätzig.

»Warum? Er hat mich mit dem Säbel verwundet«, widersprach er, verblüfft durch die Verachtung, die ihr bleiches Gesicht auszudrücken schien.

Sie duckte ihn mit dem Blick. Die Macht ihres Willens, verstanden zu werden, war so groß, daß sie in ihm die Fähigkeit weckte, unausgesprochene Dinge zu erfassen.

»Was erwarten Sie sonst von mir?« rief er, als sei er plötzlich zur Verzweiflung getrieben. »Kann ich denn mehr tun? Bin ich ein General mit einer Armee hinter mir? – Armer Sünder, der ich bin, daß auch Sie mich noch verachten müssen.«

8.

»Señores«, erzählte der General seinen Gästen, »obwohl meine Gedanken sich damals mit Liebe beschäftigten und dementsprechend erfreulich waren, so berührte mich der Anblick jenes Hauses stets unangenehm, besonders im Mondlicht, in dem die geschlossenen Fensterläden und der Anschein einsamer Verwahrlosung besonders düster wirkten. Dennoch nahm ich auch weiter den Reitweg daran vorbei, weil er viel kürzer war. Der verrückte Royalist heulte und lachte mir jeden Abend entgegen, bis er genug hatte. Doch nach einer Zeit hörte er auf, am Weg zu erscheinen, als habe ihn meine Gleichgültigkeit ermüdet. Wie sie ihn dazu brachten, das sein zu lassen, weiß ich nicht. Jedenfalls hätte es mit Gaspar Ruiz im Hause ein leichtes sein müssen, ihn mit Gewalt zurückzuhalten. Es war nun ein Punkt ihrer Taktik, drinnen im Haus alles zu vermeiden, was mich hätte reizen können; wenigstens stellte ich es mir so vor.

Obgleich ich im Banne des strahlendsten Augenpaares von ganz Chile stand, bemerkte ich doch nach einer Woche oder so die Abwesenheit des alten Mannes. Noch einige Tage gingen vorüber. Ich begann zu glauben, daß vielleicht diese Royalisten sonstwohin ausgewandert seien. Als ich aber eines Abends der Stadt zueilte, da sah ich wieder jemand im Torwege. Es war nicht der Irre; es war das Mädchen. Sie hielt eine der Holzsäulen umfaßt und stand schlank und bleich da, die großen Augen von Entbehrung und Kummer tief eingesunken. Ich sah sie scharf an, und sie begegnete mit einem merkwürdig forschenden Blick meinen Augen. Dann, als ich den Kopf wandte, nachdem ich schon vorbeigeritten war, schien sie ihren ganzen Mut zusammenzunehmen und winkte mich ganz eindeutig zurück.

Ich gehorchte, Señores, fast ohne zu denken, so groß war meine Verwunderung. Die wuchs noch, als ich hörte, was sie mir zu sagen hatte. Sie begann damit, daß sie mir für meine Nachsicht gegen die Schwäche ihres Vaters dankte, so daß ich mich vor mir selbst schämte. Ich hatte Verachtung zeigen wollen, nicht Nachsicht! Jedes Wort muß ihr die Lippen versengt haben, doch sie verlor nicht einen Augenblick lang die liebenswürdige, melancholische Würde, die mir gegen meinen Willen Respekt einflößte. Señores, wir sind keine Gegner für Frauen. Doch ich konnte kaum meinen Ohren trauen, als sie ihre Erzählung begann. ›Die Vorsehung‹, schloß sie, ›schien das Leben dieses Soldaten gerettet zu haben, dem Unrecht geschehen war und der nun auf meine Ehre als Caballero und auf mein Mitgefühl mit seinem Leid baute.‹

›Unrecht geschehen‹, bemerkte ich kalt. ›Nun, das ist auch meine Ansicht: und Sie haben einen Feind Ihrer Sache beherbergt.‹

›Es war ein armer Christenmensch, der im Namen Gottes an unserer Tür um Hilfe flehte, Señor‹, gab sie einfach zurück.

Ich begann sie zu bewundern. ›Wo ist er jetzt?‹ fragte ich förmlich.

Doch diese Frage wollte sie nicht beantworten. Mit unglaublichem Takt und einem fast feindseligen Zartgefühl brachte sie es fertig, mich an den fehlgeschlagenen Versuch zu erinnern, den Gefangenen im Wachtzimmer das Leben zu retten, – ohne doch dabei meine Eitelkeit zu verletzen. Sie kannte natürlich die ganze Geschichte. Gaspar Ruiz, sagte sie, ließe mich inständig bitten, ihm zu General San Martin persönlich freies Geleit zu verschaffen. Er habe dem Oberbefehlshaber eine wichtige Mitteilung zu machen.

Por Dios, Señores, das alles ließ sie mich schlucken und gab dabei vor, dem armen Mann nur als Sprachrohr zu dienen. Als ein Opfer der Ungerechtigkeit erwarte er, sagte sie, bei mir ebensoviel Großmut zu finden wie bei der Royalistenfamilie, die ihm Zuflucht gewährt hatte.

Ha! das war gut und geschickt gesprochen, zu einem blutjungen Kerl, wie ich es war. Ich fand sie erhaben. O weh! sie war nur unversöhnlich.

Schließlich ritt ich davon, ganz begeistert für die Sache, und verlangte nicht einmal Gaspar Ruiz zu sehen, von dem ich bestimmt annahm, daß er im Hause sei.

Bei ruhiger Überlegung begann ich aber Schwierigkeiten zu sehen, denen zu begegnen ich allein mich nicht imstande fühlte. Es war nicht leicht, einem Oberbefehlshaber mit einer solchen Geschichte zu kommen. Ich fürchtete einen Fehlschlag. Schließlich hielt ich es für besser, die ganze Sache meinem Divisionsgeneral Robles vorzulegen, der ein Freund meiner Familie war und mich erst kürzlich zu seinem Adjutanten ernannt hatte.

Er nahm mir die Angelegenheit ohne alle Umstände sofort aus der Hand.

›Im Haus! Natürlich ist er im Haus‹, sagte er geringschätzig. ›Sie hätten mit gezogenem Säbel hineingehen und ihn zur Übergabe auffordern sollen, anstatt im Torweg mit dem Royalistenmädel zu schwatzen. Die Leute hätte man schon längst dort herausjagen sollen. Wer weiß, wie viele Spione sie kerzengerade in der Mitte unserer Lager schon beherbergt haben. Freies Geleit zum Oberbefehlshaber! Die Frechheit von dem Kerl! Ha, ha! Jetzt werden wir ihn also heute nacht hopp nehmen, und dann wollen wir schon herausbringen, was er zu sagen hat, das so verdammt wichtig wäre. Ha, ha, ha!

General Robles – Friede seiner Seele – war ein kurzer, dicker Mann mit runden, starren Augen, polternd und jovial. Als er meine Betrübnis sah, fügte er hinzu:

›Kommen Sie, kommen Sie, Chico. Ich verspreche Ihnen sein Leben, wenn er keinen Widerstand leistet. Und das steht nicht zu erwarten. Wir werden einen guten Soldaten nicht zugrunde richten, wenn es sich vermeiden läßt. Ich sage Ihnen was! Ich bin neugierig, Ihren starken Mann zu sehen. Unter einem General tut er's nicht, der Picaro. Gut. Er soll einen General haben und mit ihm sprechen. Ha, ha! Ich will bei der Aushebung selbst dabeisein, und Sie kommen natürlich mit.‹

Und in derselben Nacht noch wurde es ausgeführt. Früh am Abend wurden das Haus und der Obstgarten unauffällig umstellt. Später verließen der General und ich einen Ball, den wir in der Stadt besucht hatten, und ritten im leichten Galopp hinaus. Kurz vor dem Hause hielten wir an. Eine berittene Ordonnanz hielt uns die Pferde. Ein leiser Pfiff warnte die Leute, die rings um die Schlucht auf Posten waren, und wir schritten behutsam dem Torweg zu. Das verrammelte Haus im Mondschein schien leer.

Der General pochte an die Tür. Nach einer Weile fragte eine Frauenstimme von innen, wer da sei. Mein Vorgesetzter stieß mich hart an. Ich schnappte nach Luft.

›Ich bin's, Leutnant Santierra‹, stotterte ich hervor, als würgte mich etwas. ›Öffnen Sie die Tür.‹

Sie öffnete sich langsam. Das Mädchen, eine dünne Kerze in der Hand, begann allmählich vor uns zurückzuweichen, als sie einen zweiten Mann neben mir sah. Ihr unbewegtes weißes Gesicht sah geisterhaft aus. Ich folgte hinter General Robles. Ihre Augen waren auf die meinen gerichtet. Ich machte eine Gebärde der Hilflosigkeit hinter dem Rücken meines Vorgesetzten und versuchte zur selben Zeit meinem Gesicht einen beruhigenden Ausdruck zu geben. Keiner von uns dreien brachte einen Laut hervor.

Wir befanden uns in einem Raum mit kahlen Wänden und Boden. Ein ungefüger Tisch und ein paar Stühle standen darin, sonst nichts. Eine alte Frau mit gelöstem grauem Haar rang die Hände, als wir auftauchten. Ein lautes Lachen gellte gespenstisch durch das leere Haus. Daraufhin versuchte die alte Frau an uns vorbeizukommen.

›Niemand verläßt das Zimmer!‹ sagte General Robles zu mir.

Ich schlug die Tür zu, hörte die Klinke einschnappen, und das Lachen war nur mehr schwach vernehmbar.

Bevor in dem Zimmer noch ein weiteres Wort gesprochen werden konnte, hörte ich zu meiner Verblüffung entfernten Donner.

Ich hatte in das Haus den Eindruck einer wunderbar klaren Mondnacht mitgenommen, ohne einen Wolkenfleck am Himmel. Ich konnte meinen Ohren nicht trauen. Da ich ganz jung meiner Erziehung wegen weggeschickt worden war, so war mir das meistgefürchtete Naturphänomen meiner Heimat nicht vertraut. Ich sah zu meinem unsagbaren Erstaunen den Ausdruck von Entsetzen in den Augen meines Chefs. Plötzlich fühlte ich Schwindel. Der General taumelte schwer gegen mich;

das Mädchen schien inmitten des Zimmers zu wanken, das Licht fiel ihr aus der Hand und ging aus; ein gellender Schrei ›*Misericordia!*‹ der alten Frau fuhr mir durch die Ohren. In der pechschwarzen Finsternis hörte ich, wie der Mörtel von den Wänden abbröckelte und auf den Boden fiel. Ein Glück, daß keine Decke da war. Während ich mich an die Türklinke klammerte, hörte ich, wie über meinem Kopf das Scharren der Dachziegel aufhörte. Der Stoß war vorbei.

›Hinaus aus dem Haus! Die Tür! Fliehen Sie, Santierra, fliehen Sie!‹ heulte der General. Sie müssen wissen, Señores, in unserem Lande schämen sich selbst die Tapfersten nicht der Furcht, die bei einem Erdbeben den Leuten bis in die Knochen fährt. Man gewöhnt sich nie daran. Je öfter man es erlebt, desto stärker wirkt der namenlose Schreck.

Es war mein erstes Erdbeben, und ich war der Ruhigste von allen. Ich erkannte, daß der Krach draußen von dem Torweg herrührte, dessen Holzpfeiler und Ziegelvordach eingestürzt waren. Der nächste Stoß würde wahrscheinlich das Haus zerstören. Das donnerähnliche Tosen nahte wieder. Der General raste rings um das Zimmer, vielleicht um die Tür zu finden. Er machte einen Lärm, als versuche er an den Wänden hochzuklettern, und ich hörte ihn deutlich den Namen mehrerer Heiligen anrufen. ›Hinaus, hinaus, Santierra!‹ brüllte er.

Die Stimme des Mädchens war die einzige, die ich nicht hörte.

›General!‹ schrie ich. ›Ich kann die Tür nicht rühren. Wir müssen eingeschlossen sein.‹

Ich erkannte seine Stimme nicht wieder in dem Durcheinander von verzweifelten Flüchen, die er ausstieß. Señores, ich kenne viele Leute in meinem Lande, besonders in den stark von Erdbeben heimgesuchten Provinzen, die bei geschlossenen Türen weder essen noch schlafen noch beten oder sich auch nur zum Kartenspiel niedersetzen. Die Gefahr liegt nicht im Zeitverlust, sondern die Verschiebung der Wände kann es bewirken, daß eine Tür überhaupt nicht mehr aufzubringen ist. Das war es, was auch uns geschehen war. Wir waren gefangen und hatten von niemand Hilfe zu erwarten. Es gibt keinen Mann in meinem Lande, der in ein Haus gehen würde, wenn die Erde wankt. Es gab auch nie einen – mit einer einzigen Ausnahme: Gaspar Ruiz.

Er war aus irgendeinem Schlupfwinkel, in dem er sich draußen verkrochen hatte, herausgekommen und war über die Balken des zerstörten Vordaches geklettert. Durch das furchtbare unterirdische Grollen der nahenden Verwüstung hörte ich eine mächtige Stimme das Wort ›Erminia‹ brüllen, mit der Lunge eines Riesen. Ein Erdbeben verwischt gründlich alle Rangunterschiede. Ich nahm meine ganze Entschlußkraft zusammen, um die Schrecken des Augenblicks zu überwinden und schrie zurück: ›Sie ist hier‹. Ein Brüllen wie von einem wütenden wilden Tier antwortete mir, während mein Kopf wirbelte, mein Mut sank und mir der Angstschweiß wie Regen über die Brauen lief.

Er hatte die Kraft, einen der schweren Pfosten des Vordaches aufzunehmen. Er hielt ihn unter dem Arm wie eine Lanze, doch mit beiden Händen, rannte damit wütend gegen das wankende Haus, mit der Gewalt eines Sturmbocks, sprengte die Tür auf und stürzte ungestüm über unsere hingestreckten Leiber herein. Der General und ich rafften uns auf und sprangen hinaus, ohne uns einmal umzusehen, bis wir über der Straße waren. Dann hielten wir uns aneinander und sahen zu, wie das Haus plötzlich zu einem Haufen formlosen Gerümpels zusammensank, hinter dem Rücken eines Mannes, der auf uns zuschritt, die leblose Gestalt einer Frau in den Armen. Ihr langes schwarzes Haar hing fast bis zu seinen Füßen herab. Er legte sie ehrfürchtig auf den schwankenden Boden, und das Mondlicht fiel auf ihre geschlossenen Augen.

Señores, wir saßen mit Mühe auf. Unsere Pferde bäumten sich wie verrückt und wurden nur mit Mühe von Soldaten gehalten, die von allen Seiten herbeigelaufen waren. Niemand dachte damals daran, Gaspar Ruiz gefangenzunehmen. In den Augen von Menschen und Tieren loderte wilde Furcht. Mein General näherte sich Gaspar Ruiz, der regungslos wie eine Statue über dem Mädchen stand. Er ließ sich bei den Schultern rütteln, ohne die Augen von ihrem Gesicht zu lassen.

›Que guape!‹ brüllte ihm der General ins Ohr. ›Du bist ein mordsbraver Kerl, du hast mein Leben gerettet. Ich bin General Robles, komm morgen in mein Quartier, wenn Gott es uns in Gnade vergönnt, einen neuen Tag zu sehen.‹

Er rührte sich nicht – als wäre er taub, gefühllos, unempfindlich.

Wir ritten der Stadt zu und waren ganz beschäftigt mit unseren Verwandten, unseren Freunden, an deren Schicksal wir kaum zu denken wagten. Die Soldaten rannten neben unseren Pferden her. Alles war vergessen angesichts der ungeheuren Katastrophe, die über ein ganzes Land hereingebrochen war.«

Gaspar Ruiz sah das Mädchen die Augen öffnen. Das Aufschlagen ihrer Augenlider schien ihn aus seinem Traum zu wecken. Sie waren allein;

das entsetzte und verzweifelte Schreien der heimatlos gewordenen Leute füllte die Ebenen der weitgestreckten Küste und drang wie ein Flüstern in ihre Einsamkeit.

Sie erhob sich und sandte furchtsame Blicke nach allen Seiten. »Was ist?« rief sie halblaut aus und starrte ihm ins Gesicht. »Wo bin ich?«

Er beugte traurig und wortlos den Kopf.

»... Wer seid Ihr?«

Er kniete langsam vor ihr nieder und berührte den Saum ihres groben schwarzen Rockes. »Euer Sklave!« jagte er.

Da erblickte sie den Haufen Gerümpel, der einst das Haus gewesen war, ganz verschwommen in einer Staubwolke. »Ah!« schrie sie auf und preßte die Hand an die Stirn.

»Dort hab ich Euch herausgetragen«, flüsterte er zu ihren Füßen.

»Und sie?« fragte sie in einem tiefen Seufzer.

Er erhob sich, faßte ihren Arm und führte sie behutsam zu der unförmigen Ruine, die halb unter einem Erdrutsch verschüttet war.

»Kommt horchen«, sagte er.

Der klare Mond sah sie über den Haufen von Steinen, Balken und Ziegeln klettern, der ein Grab war. Sie preßten das Ohr an die Spalten und lauschten auf ein Stöhnen.

Endlich meinte er: »Sie sind rasch gestorben. Ihr seid allein.«

Sie setzte sich auf ein abgebrochenes Balkenende und legte einen Arm über ihr Gesicht. Er wartete, näherte dann seine Lippen ihrem Ohr und flüsterte: »Wir wollen fortgehen.«

»Niemals – nie fort von hier«, schrie sie auf und warf die Arme hoch.

Er beugte sich über sie, ihre erhobenen Arme fielen auf seine Schultern, er zog sie hoch und begann zu gehen, den Blick starr geradeaus gerichtet.

»Was tut Ihr?« fragte sie schwach.

»Ich entfliehe meinen Feinden«, antwortete er, ohne seine leichte Bürde anzublicken.

»Mit mir«, seufzte sie hilflos.

»Niemals ohne Euch«, gab er zurück. »Ihr seid meine Stärke.«

Er preßte sie eng an sich. Sein Gesicht war ernst und seine Schritte waren fest. Die Brände, die in den Ruinen der zerstörten Dörfer ausbrachen, überstrahlten die Ebene mit rotem Feuerschein; und die fernen Wehklagen, die Schreie »*Misericordia! Misericordia!*« klangen ihm verzweiflungsvoll in die Ohren. Er schritt vorwärts, feierlich und beherrscht, als trüge er ein kostbares und zerbrechliches Heiligtum.

Dann und wann zitterte die Erde unter seinen Füßen.

9.

Mit mechanisch sorgsamen Bewegungen und zerstreutem Ausdruck zündete sich General Santierra eine dicke und lange Zigarre an.

»Es vergingen mehrere Stunden, bevor wir eine Patrouille zu der Schlucht zurücksenden konnten«, sagte er zu seinen Gästen. »Wir hatten ein Drittel der Stadt eingestürzt gefunden, das übrige durchschüttert und die Einwohner, reiche und arme, waren durch das allgemeine Unglück gleicherweise in Aufregung geraten. Der gemachten Zuversicht der einen widersprach die Verzweiflung anderer. In der allgemeinen Verwirrung tauchten ein paar kühne Diebe auf, ohne Furcht vor Gott und den Menschen, und wurden denen gefährlich, die aus dem Einsturz ihrer Häuser ein paar Wertsachen gerettet hatten. Bei jedem Erdstoß schrien diese Schufte › *Misericordia*‹, lauter als die andern, schlugen sich mit der einen Hand auf die Brust, beraubten mit der andern irgendwelche Unglücklichen und scheuten selbst vor Mord nicht zurück.

Die Division des Generals Robles hatte vollauf damit zu tun, die zerstörten Stadtviertel vor den Räubereien dieser Unmenschen zu schützen. Mich nahm meine Pflicht als Ordonnanzoffizier in Anspruch, und so konnte ich mich erst um die Morgenstunde davon überzeugen, daß meine eigene Familie in Sicherheit war. Meine Mutter und meine Schwester hatten aus dem Ballsaal, wo ich sie früh am Abend verlassen hatte, das nackte Leben gerettet. Ich sehe noch diese beiden prachtvollen jungen Frauen vor mir – Gott laß sie in Frieden ruhen –, als wäre es heute gewesen, wie sie, bleich, aber tätig, im Garten unseres zerstörten Hauses einigen unserer armen Nachbarn beistanden, in ihren zerfetzten Ballkleidern und den Staub eingestürzter Wände im Haar. Meine Mutter hatte die Seele einer Stoikerin in ihrem zarten Körper. Halb bedeckt mit einem kostbaren Schal, lag sie auf einer Gartenbank zur Seite eines Zierbrunnens, dessen Fontäne in dieser Nacht für immer zu spielen aufgehört hatte.

Ich hatte kaum Zeit gefunden, sie alle in blinder Freude zu umarmen, als schon mein Chef daherkam und mich mit ein paar Soldaten zur

Schlucht hinausschickte, um meinen starken Mann, wie er ihn nannte, und das bleiche Mädel einzubringen.

Doch es war niemand da, den wir hätten einbringen können. Ein Erdrutsch hatte die Ruinen des Hauses verschüttet; das Ganze glich einem großen Erdhügel; nur da und dort sahen ein paar Balkenenden heraus – sonst nichts.

So war dem Leid des alten Royalistenpaares ein Ende gemacht. Ein ungeheures und ungeweihtes Grab hatte sie lebend verschlungen samt ihrem hartnäckigen Widerstand gegen den Willen eines Volkes, das frei sein wollte. Und ihre Tochter war fort.

Daß Gaspar Ruiz sie fortgeführt hatte, verstand ich sehr wohl. Da der Fall aber nicht vorgesehen war, so hatte ich keinen Befehl, sie zu verfolgen; und außerdem hatte ich auch keine Lust dazu. Ich hatte das Zutrauen zu meinen Einmischungen verloren. Sie waren nie von Erfolg begleitet gewesen und hatten oft sogar den Schein gegen sich gehabt. Er war fort. Gut. Laß ihn gehen. Und hatte das Royalistenmädel mitgenommen. Nichts besser als das. *Vaya con Dios.* Es war nicht der Augenblick, sich wegen eines Deserteurs aufzuregen, der mit oder ohne Recht hätte tot sein sollen, und wegen des Mädchens, für das es besser gewesen, wenn es nie geboren worden wäre.

So marschierte ich mit meinen Leuten zur Stadt zurück.

Nach einigen Tagen war die Ordnung wiederhergestellt, und die ersten Familien, einschließlich meiner eigenen, reisten nach Santiago. Dort hatten wir ein schönes Haus. Zur gleichen Zeit bezog die Division Robles neue Kantonnements in der Nähe der Hauptstadt. Dieser Wechsel paßte mir ausgezeichnet wegen meiner häuslichen und verliebten Gefühle.

Eines Nachts wurde ich ziemlich spät zu meinem Chef gerufen. Ich fand General Robles in seinem Quartier, ganz bequem, ohne Uniform; er trank reinen Brandy aus einem großen Glas – als Vorsichtsmaßregel, wie er sagte, gegen die Schlaflosigkeit, die ihm die Moskitostiche verursachten. Er war ein guter Soldat und lehrte mich die Kunst und Praxis des Krieges. Gott war sicher seiner Seele gnädig; denn seine Beweggründe waren nie anders als patriotisch, wenn er auch jähzornig war. Den Gebrauch von Moskitonetzen hielt er für weibisch, schandbar, eines Soldaten unwürdig.

Ich bemerkte auf den ersten Blick, daß sein schon sehr rotes Gesicht den Ausdruck bester Laune zeigte.

›Ah ha! *Señor tenienta*‹, schrie er laut, als ich an der Tür salutierte. ›Passen Sie auf! Ihr starker Mann ist wieder aufgetaucht!‹

Er reichte mir einen zusammengefalteten Brief, der an den ›Oberbefehlshaber der republikanischen Armeen‹ adressiert war.

›Das‹, fuhr General Robles mit seiner lauten Stimme fort, ›wurde von einem Buben einem Posten beim Hauptquartier in die Hand gedrückt, während der Kerl dastand und wohl an sein Mädel dachte, – denn bevor er noch seine fünf Sinne beisammen hatte, war der Junge unter den Marktleuten verschwunden, und er schwört, daß er ihn nicht wiedererkennen könnte, und wenn's seinen Kopf gälte.‹

Mein Chef sagte mir weiter, daß der Soldat den Brief dem Sergeanten gegeben und daß er endlich den Weg zu unserem Generalissimus gefunden hatte. Seine Exzellenz hatten geruht, mit eigenen Augen davon Kenntnis zu nehmen. Hierauf hatte er die Angelegenheit General Robles anvertraut.

An den Brief, Señores, kann ich mich jetzt nicht mehr wörtlich erinnern. Ich sah die Unterschrift: Gaspar Ruiz. Er war ein kühner Bursche. Er hatte sich aus einem Weltaufruhr heraus eine Seele gerettet, und nun war es diese Seele, die ihm diesen Brief eingab. Der Ton war ziemlich selbstbewußt. Ich erinnere mich, daß er mir damals den Eindruck von Adel und Würde machte. Es war ganz zweifellos ihr Brief. Heute schaudere ich bei dem Gedanken an die abgrundtiefe Zweideutigkeit. Gaspar Ruiz beklagte sich über die Ungerechtigkeit, deren Opfer er gewesen war. Er erinnerte an seine früher bewährte Treue und an seinen Mut. Nachdem er durch das wunderbare Eingreifen der Vorsehung vom Tode errettet worden sei, bleibe ihm nur der Gedanke, seine Ehre reinzuwaschen. Das, schrieb er, könne er nicht hoffen, in der Truppe zu erreichen, als Verrufener, an dem noch immer ein Verdacht hafte. Er habe die Möglichkeit, einen offensichtlichen Beweis seiner Treue zu erbringen. Und er schloß mit dem Vorschlag, der Oberbefehlshaber möge ihm um Mitternacht auf der Plaza vor der Münze eine Zusammenkunft bewilligen. Das Zeichen sollte ein dreimaliges Feuerschlagen mit Stahl und Stein sein. Das war nicht zu auffallend und doch deutlich genug zum Erkennen.

San Martin, der große Befreier, liebte Männer von Kühnheit und Mut. Außerdem war er gerecht und mitleidig. Ich sagte ihm alles, was ich von des Mannes Geschichte wußte, und erhielt den Befehl, ihn in der bestimmten Nacht zu begleiten. Die Zeichen wurden richtig ausgetauscht. Es war Mitternacht, und die ganze Stadt lag dunkel und schweigend da. Die verhüllten Gestalten der beiden kamen im Mittelpunkt der weiten Plaza zusammen; ich hielt mich diskret abseits und lauschte eine Stunde oder mehr ihren murmelnden Stimmen. Dann winkte mir der General, näher zu kommen, und als ich das tat, hörte ich, wie San Martin, der gegen hoch und niedrig gleich höflich war, Gaspar Ruiz für diese Nacht die Gastfreundschaft des Hauptquartiers anbot. Doch der Soldat lehnte ab mit dem Bemerken, daß er dieser Ehre nicht würdig sei, bevor er irgend etwas getan habe.

›Euer Exzellenz kann nicht einen gemeinen Deserteur zu Gast haben‹, meinte er mit leisem Lachen, trat zurück und verschwand langsam in der Nacht.

Der Oberbefehlshaber sagte zu mir, während wir weggingen: ›Er hatte jemand bei sich, unser Freund Ruiz. Ich sah einen Augenblick lang zwei Gestalten. Es war ein unauffälliger Kumpan.‹

Auch ich hatte gesehen, wie sich eine zweite Gestalt zu Gaspar Ruiz gesellte, anscheinend ein kleiner Kerl, in einem Poncho und einem großen Hut. Und ich dachte noch in dummem Staunen darüber nach, wen er wohl in sein Vertrauen gezogen haben mochte. Ich hätte mir wohl denken können, daß es niemand sonst gewesen sein konnte als dieses Unglücksmädel.

Wo er sie versteckt hielt, das weiß ich nicht. Er hatte – das wurde nachher bekannt – einen Onkel, den Bruder seiner Mutter, einen kleinen Krämer, in Santiago. Vielleicht fand sie dort Nahrung und Obdach. Doch was immer sie auch fand, es war armselig genug, um ihren Stolz zur Verzweiflung zu bringen und ihren Ärger und Haß lebendig zu erhalten. Sicher ist, daß sie ihn bei dem Handstreich begleitete, den er zunächst auf sich genommen hatte. Es handelte sich um nichts weniger als um die Zerstörung eines Magazins voll Kriegsmaterial, das die spanischen Behörden im Süden heimlich angelegt hatten, in einer Stadt namens Linares. Man hatte Gaspar Ruiz nur einen kleinen Trupp anvertraut. Doch sie zeigten sich des Vertrauens würdig, das San Martin in sie gesetzt hatte. Die Jahreszeit war nicht günstig. Sie mußten hochgehende Flüsse durchschwimmen. Es scheint, daß sie Tag und Nacht durchgaloppierten, um vor der Nachricht ihres Einfalls einen Vorsprung zu erhalten, kerzengerade auf die Stadt los, ungefähr hundert Meilen in Feindesland, bis sie endlich bei Tagesanbruch mit dem Säbel in der Hand einrückten und die kleine Garnison überraschten. Diese floh ohne standzuhalten und ließ die meisten ihrer Offiziere in Gaspar Ruiz' Händen.

Eine große Pulverexplosion räumte mit den Magazinen auf, die die Plünderer sofort in Brand gesetzt hatten. In weniger als sechs Stunden ritten sie schon in dem gleichen verrückten Tempo zurück, ohne einen Mann verloren zu haben. Wenn es auch gute Leute waren, so gelingt so ein Streich doch nicht ohne eine noch bessere Führung.

Ich war eben im Hauptquartier beim Abendessen, als Gaspar Ruiz selbst die Nachricht von seinem Erfolg brachte. Und es war ein böser Schlag für die königlichen Truppen. Zum Beweis entfaltete er vor uns die Flagge der Garnison. Er nahm sie unter seinem Poncho heraus und warf sie auf den Tisch. Der Mann war umgewandelt. Aus seinem Gesicht sprach Triumph und etwas wie Drohung. Er stand hinter General San Martins Stuhl und sah uns alle stolz an. Er hatte eine runde blaue Kappe, mit Silberborten verbrämt, auf dem Kopf, und wir alle konnten auf dem Ansatz seines sonnverbrannten Nackens eine breite weiße Narbe sehen.

Irgend jemand fragte ihn, was er mit den gefangenen spanischen Offizieren getan habe.

Er zuckte verächtlich die Schultern: ›Komische Frage! In einem Kleinkrieg lädt man sich doch nicht Gefangene auf den Hals. Ich ließ sie laufen – und hier sind ihre Säbelquasten.‹

Er warf ein Bündel davon auf den Tisch über die Fahne. Dann sagte General Robles, mit dem ich gekommen war, mit seiner lauten, polternden Stimme. ›Tatest du das! Dann, mein guter Freund, weißt du noch nicht, wie ein Krieg wie der unsere geführt sein will. Du hättest es anders machen müssen – so!‹ Und er fuhr mit der Kante seiner Hand über die eigene Kehle.

Ach ja, Señores! es war leider nur zu wahr, daß auf beiden Seiten dieser Kampf, der im Grunde so heldenhaft war, durch Grausamkeiten geschändet wurde. In dem Gemurmel, das sich bei General Robles' Worten erhob, klang durchaus nicht einstimmiger Widerspruch mit. Doch der vornehme und tapfere San Martin lobte die menschliche Tat und wies Ruiz einen Platz zu seiner Rechten an. Dann erhob er sich mit einem vollen Glas in der Hand und schlug einen Toast vor: ›Caballeros und Waffengefährten, wir wollen auf das Wohl das Kapitäns Gaspar Ruiz trinken!‹ Und als wir unsere Gläser geleert hatten, fuhr der Oberbefehlshaber fort: ›Ich beabsichtige, ihm die Bewachung unserer Südgrenze anzuvertrauen, während wir fortgehen, um unsere Brüder in Peru zu befreien. Die Feinde konnten nicht verhindern, daß er ihnen mitten im eigenen Land eine schwere Schlappe beibrachte; um so besser wird er es verstehen, die friedliche Bevölkerung zu schützen, die wir hinter uns lassen, um unserer heiligen Aufgabe nachzugehen.‹ Und er umarmte den schweigsamen Gaspar Ruiz an seiner Seite.

Später, als wir uns alle vom Tisch erhoben, näherte ich mich dem letzternannten Offizier der Armee mit meinen Glückwünschen. ›Und, Kapitän Ruiz‹, fügte ich hinzu, ›vielleicht möchten Sie einem Mann, der immer an die Fleckenlosigkeit Ihres Charakters geglaubt hat, verraten, was in jener Nacht aus Doña Erminia wurde?‹

Bei dieser freundlichen Frage änderte sich sein Gesicht. Er sah mich unter den dichten Brauen mit dem scheuen stumpfen Blick eines Guasso an – eines Bauern. › *Señor tenienta*‹, sagte er steif und augenscheinlich gedrückt, ›fragen Sie nicht nach der Señorita, denn ich denke lieber nicht an sie, während ich unter Ihnen bin.‹

Dabei sah er mit gerunzelter Stirn durch den Raum voller rauchender und plaudernder Offiziere. Natürlich drang ich nicht weiter in ihn.

Das, Señores, waren die letzten Worte, die ich für lange, lange Zeit von ihm hören sollte. Gleich am nächsten Tag brachen wir zu unserm kühnen Zug nach Peru auf und hörten von Gaspar Ruiz' Taten nur mitten zwischen unsern eigenen Kämpfen. Er war zum Militärgouverneur unserer Südprovinz ernannt worden. Er sammelte eine Partida. Doch seine Milde gegen die unterworfenen Feinde mißfiel dem Zivilgouverneur, der ein förmlicher, unbequemer Herr voller Mißtrauen war. Er sandte an die Oberste Statthalterei Berichte ein, die Gaspar Ruiz feindlich waren; einer davon ging dahin, daß er öffentlich mit großem Pomp eine Frau von königstreuer Gesinnung geheiratet habe. Zwischen diesen beiden Männern von so ganz verschiedenem Charakter konnten Zwistigkeiten nicht ausbleiben. Schließlich begann sich der Zivilgouverneur über seine Untätigkeit zu beklagen und auf Verrat anzuspielen, der ja, wie er schrieb, bei einem Mann von solchem Vorleben nicht überraschend wäre. Gaspar Ruiz hörte davon. Seine Wut loderte auf, und die Frau an seiner Seite wußte sie wohl mit den rechten Worten zu schüren. Ich weiß nicht, ob wirklich der Oberste Statthalter Befehl gab, ihn gefangenzusetzen – worüber er sich später beschwerte. Sicher scheint es, daß der Zivilgouverneur mit seinen Offizieren zu intrigieren begann und daß Gaspar Ruiz dahinterkam.

Eines Abends, als der Gouverneur eine Tertulia gab, erschien Gaspar Ruiz in der Stadt, von sechs Leuten gefolgt, auf die er sich verlassen konnte, ritt vor die Tür des Gouverneursgebäudes und betrat die Sala bewaffnet, den Hut auf dem Kopf. Als der Gouverneur ihm unwillig entgegentrat, da faßte er den kümmerlichen Mann um den Leib, trug ihn aus der Mitte der Geladenen fort wie ein Kind und warf ihn über die Außentreppe auf die Straße hinunter. Ein ärgerlicher Stoß von Gaspar Ruiz genügte, um aus einem Riesen das Leben herauszubeuteln; doch zum Überfluß feuerten Gaspar Ruiz' Reiter noch ihre Pistolen auf den Leib des Gouverneurs ab, der leblos am Fuß der Treppe lag.«

10.

»Nach diesem Akt der Gerechtigkeit, wie er es nannte, überschritt Ruiz den Rio Blanco, von dem größeren Teile seiner Schar gefolgt, und verschanzte sich auf einem Hügel. Eine Kompanie regulärer Truppen, die blindlings gegen ihn ausgeschickt worden war, wurde umzingelt und fast bis zum letzten Mann vernichtet. Andere Expeditionen, obwohl besser geleitet, blieben in gleicherweise erfolglos.

Es war zur Zeit dieser blutigen Scharmützel, daß sein Weib erstmals an seiner Seite zu Pferde erschien. Stolz und zuversichtlich gemacht durch seine Erfolge, stürmte Ruiz nicht länger an der Spitze seiner Partida vor, sondern blieb wie ein General, der die Bewegungen einer Armee leitet, im Rücken der Truppe auf irgendeinem Hügel, gut beritten und reglos, und sandte seine Befehle aus. Sie wurde zu wiederholten Malen an seiner Seite gesehen und wurde vielfach für einen Mann gehalten. Es gab damals viel Gerede über einen blaßgesichtigen Anführer, dem die Niederlagen unserer Truppen zugeschrieben wurden. Sie ritt wie eine Indianerfrau im Herrensattel und trug einen breitrandigen Männerhut und einen dunklen Poncho. Später, in den Tagen ihres höchsten Erfolges, war dieser Poncho mit Gold gestickt, und sie trug dann auch den Säbel des armen Don Antonio de Leyva. Dieser alte chilenische Offizier hatte das Unglück gehabt, mit seiner kleinen Schar umzingelt zu werden; dann war ihm die Munition ausgegangen, und er hatte von den Händen der Arauko-Indianer, der Verbündeten und Hilfstruppen von Gaspar Ruiz, den Tod gefunden. Das war die fatale Episode, die noch lange nachher unter dem Namen ›Das Massaker vom

Eiland‹ in Erinnerung blieb. Das Schwert des unglücklichen Offiziers wurde ihr von Peneleo, dem Häuptling der Araukaner, geschenkt; denn auf diese Indianer wirkte ihr Anblick, die tödliche Blässe ihres Antlitzes, der scheinbar kein Wetter etwas anhaben konnte, und ihre ruhige Gleichgültigkeit im Feuer so mächtig, daß sie sie für ein übernatürliches Wesen oder doch wenigstens für eine Zauberin hielten. Durch diesen Aberglauben wurde der persönliche Einfluß und die Macht von Gaspar Ruiz über diese unwissenden Leute wesentlich erhöht. Sie muß ihre Rache voll ausgekostet haben an dem Tage, als sie den Säbel des Don Antonio de Leyva anlegte. Er war immer an ihrer Seite, außer wenn sie Frauenkleidung anzog – nicht, daß sie ihn je hätte gebrauchen können oder wollen; aber sie liebte es, ihn an ihrer Seite zu fühlen, als eine stete, symbolische Erinnerung an die schmähliche Niederlage der republikanischen Waffen. Sie war unersättlich. Und dann gibt es ja auf dem Pfade, auf den sie Gaspar Ruiz gebracht hatte, kein Einhalten. Entronnene Gefangene – und es gab nicht viele davon – erzählten oft, wie sie es mit wenigen geflüsterten Worten fertigbrachte, seinen Gesichtsausdruck zu verändern und seinen heißen Zorn wieder anzufachen. Sie erzählten, wie er nach jedem Scharmützel, nach jedem Handstreich, nach jedem erfolgreichen Streifzug nahe zu ihr ritt und ihr ins Gesicht sah, dessen hoheitsvolle Ruhe ewig gleich blieb. Ihre Umarmung, Señores, muß kalt gewesen sein wie die einer Statue. Er versuchte ihr eisiges Herz in einem Strom heißen Blutes zu schmelzen. Ein paar englischen Offizieren, die ihn zu jener Zeit besuchten, fiel seine eigenartige Verblendung auf.«

General Santierra schwieg einen Augenblick, als er sah, wie sich unter seinen Zuhörern Überraschung und Neugierde zeigten.

»Jawohl – englische Marineoffiziere«, wiederholte er. »Ruiz hatte eingewilligt, sie zu empfangen, um wegen der Freilassung einiger Gefangenen ihrer Nationalität zu verhandeln. In dem Gebiet, das er beherrschte, von der Meeresküste bis zu den Kordilleren, lag eine Bai, in der die Schiffe jener Zeit, nach der Fahrt um das Kap Horn, anzulegen pflegten, um Holz und Wasser einzunehmen. Da hatte er die Besatzung an Land gelockt und zunächst die Walfischfängerbrigg ›Hersalia‹ und später noch zwei weitere Schiffe überrumpelt und gekapert, ein englisches und ein amerikanisches.

Damals ging das Gerücht, daß er daran dachte, sich eine eigene Flotte zu schaffen. Doch das war natürlich unmöglich. Er bemannte jedoch die Brigg mit einem Teil ihrer eigenen Besatzung, schickte einen

Offizier und eine beträchtliche Schar seiner eigenen Leute an Bord und sandte sie zu dem spanischen Gouverneur der Insel Chiloé mit einem Bericht über seine Taten und der Bitte um Beistand in dem Krieg gegen die Rebellen. Der Gouverneur konnte nicht viel für ihn tun: schickte ihm aber, als Antwort, zwei leichte Feldgeschütze, einen schmeichelhaften Brief mit der Ernennung zum Obersten der königlichen Truppen und eine spanische Flagge. Diese wurde mit großem Pomp an seinem Haus mitten im Araukoland gehißt. Damals mag sein Weib wohl ihrem Guassogemahl mit einer weniger hochmütigen Zurückhaltung zugelächelt haben.

Der rangälteste Offizier des englischen Geschwaders an unserer Küste machte unserer Regierung wegen dieser Kapereien Vorwürfe. Doch Gaspar Ruiz lehnte es ab, mit uns zu verhandeln. Dann fuhr eine englische Fregatte nach der Bai, und der Kapitän, der Doktor und zwei Schiffsleutnants reisten mit freiem Geleit ins Innere. Sie wurden gut aufgenommen und waren drei Tage lang die Gäste des Bandenführers. In seiner Residenz herrschte ein gewisser barbarisch kriegerischer Prunk. Die Einrichtung stammte aus den Plünderungen der Grenzstädte. Als sie zum ersten Male in die Sala geführt wurden, sahen sie sein Weib auf einem Ruhelager (sie befand sich damals nicht wohl), zu dessen Füßen Gaspar Ruiz saß. Sein Hut lag auf dem Boden, und seine Hände ruhten auf dem Säbelgriff.

Während dieser ersten Unterredung nahm er die Hände keinen Augenblick lang vom Säbelgriff; nur einmal ordnete er mit zärtlichen, behutsamen Bewegungen die Decken über ihr. Sie bemerkten, daß er, wenn er sprach, die Augen mit einer Art erwartungsvoller, atemloser Spannung auf sie richtete und augenscheinlich die Welt und sich selbst vergaß. Im Verlaufe des Banketts, dem sie auf ihr Lager zurückgelehnt beiwohnte, brach er in heftige Klagen über die Behandlung aus, die er erfahren hatte. Nach General San Martins Abreise war er von Spionen umgeben, von den Zivilbeamten verleumdet, seine Dienste waren nicht anerkannt und seine Freiheit und sogar sein Leben von der chilenischen Regierung bedroht worden. Er stand vom Tisch auf, donnerte Verwünschungen, während er wild den Raum durchmaß; dann setzte er sich auf das Lager zu Füßen seines Weibes, mit schwer arbeitender Brust, die Augen auf den Boden gerichtet. Sie lag auf dem Rücken, das Haupt auf den Kissen, die Augen fest geschlossen.

»Und jetzt bin ich ein geehrter spanischer Offizier«, fügte er mit ruhiger Stimme hinzu. Da benutzte der Kapitän der englischen Fregatte eine Pause, um ihm freundlich mitzuteilen, daß Lima gefallen war und daß sich die Spanier, einem getroffenen Abkommen gemäß, aus dem ganzen Kontinent zurückzogen.

Gaspar Ruiz hob den Kopf und erklärte ohne Zögern mit verhaltener Erregung, daß er den Kampf gegen Chile bis zum letzten Blutstropfen durchhalten wolle, auch wenn nicht ein einziger spanischer Soldat in ganz Südamerika übrigbliebe. Als er diese verrückte Tirade beendet hatte, da hob sich die lange, weiße Hand seines Weibes, und sie streichelte für den Bruchteil einer Sekunde mit den Fingerspitzen sein Knie.

Für den Rest des Aufenthaltes der Offiziere, der sich auf nicht mehr als eine halbe Stunde nach dem Bankett erstreckte, war dieser blutdürstige Anführer einer verzweifelten Partida von einer überströmenden Liebenswürdigkeit und Güte. Er war vorher gastlich gewesen, doch nun schien es, als könne er nicht genug tun für die bequeme und sichere Rückreise seiner Besucher zu ihrem Schiff. Es stand dies, wie man mir nachher erzählt hat, im verblüffendsten Gegensatz zu seiner Heftigkeit von kurz vorher und zu seiner sonstigen schweigsamen Zurückhaltung. Wie ein Mann, den ein unverhofftes Glück über alle Maßen beseligt, überbot er sich an liebenswürdiger Bereitwilligkeit und allerlei Aufmerksamkeiten. Er umarmte die Offiziere wie Brüder, fast mit Tränen in den Augen. Die freigelassenen Gefangenen wurden, jeder mit einem Goldstück beschenkt. Im letzten Augenblick erklärte er plötzlich, daß er es für seine Pflicht halte, den Kapitänen der Handelsschiffe ihr persönliches Eigentum zurückzugeben. Diese unerwartete Großmut hatte eine Verzögerung des Aufbruchs zur Folge, und die erste Etappe war sehr kurz.

Spätabends kam Gaspar Ruiz mit einer Eskorte bei ihren Lagerfeuern angeritten und führte ein Maultier mit, das mit Weinkisten beladen war. Er sei gekommen, erklärte er, mit seinen englischen Freunden, die er nie wiedersehen würde, einen Steigbügeltrunk zu teilen. Er schien weich und dabei fröhlich gestimmt. Er erzählte von seinen Abenteuern, lachte wie ein Junge, dann lieh er sich von dem ersten Maultiertreiber der Engländer eine Gitarre, setzte sich mit untergeschlagenen Beinen auf seinen feinen Poncho, den er vor dem verglimmenden Feuer ausgebreitet hatte, und sang mit weicher Stimme ein Guasso-Liebeslied, dann ließ er den Kopf auf die Brust, die Hände zu Boden sinken, die Gitarre glitt ihm von den Knien und ein drückendes Schweigen legte sich über das

Lager nach dem Liebesgesang des wilden Bandenführers, der so viele Tränen über zerstörte Heimstätten oder vernichtetes Liebesglück verschuldet hatte.

Bevor irgend jemand ein Wort sagen konnte, sprang er auf und rief nach seinem Pferd.

›Adios, meine Freunde‹, sagte er, ›geht mit Gott – ich liebe euch – und sagt es denen in Santiago, daß zwischen Gaspar Ruiz, Oberst des Königs von Spanien, und den republikanischen Aaskrähen in Chile Krieg ist bis zum letzten Atemzug. Krieg! Krieg! Krieg!‹

Mit dem wilden Schrei ›Krieg! Krieg! Krieg!‹, den seine Eskorte aufnahm, ritten sie davon, und der Klang der Hufe und Stimmen verhallte zwischen den weiten Schluchten und Hügeln.

Die beiden jungen englischen Offiziere waren davon überzeugt, daß Ruiz verrückt sei. Wie nennen Sie das? – eine Schraube los – wie? Der Doktor aber, ein Schotte, der scharfsinnig beobachtete und gern philosophierte, sagte mir, es sei ein ganz merkwürdiger Fall von Besessenheit gewesen. Ich traf ihn viele Jahre später, doch er erinnerte sich noch sehr gut an den Vorfall. Er sagte mir auch, daß seiner Ansicht nach jenes Weib Gaspar Ruiz nicht durch offene Überredung zu seinem blutigen Verrat gebracht habe, sondern dadurch, daß sie in seinem einfachen Gemüt in feiner Weise die brennende Empfindung weckte und lebendig erhielt, es sei ihm ein nie wieder gutzumachendes Unrecht geschehen. Das mag schon so sein. Ich möchte sagen, daß sie die Hälfte ihrer rachedurstigen Seele in den starken Leib dieses Mannes gegossen hat, wie man Rausch, Irrsinn, Gift in eine leere Schale gießt.

Da er den Krieg wollte, so bekam er ihn allen Ernstes zu spüren, als unsere siegreiche Armee aus Peru zurückkehrte. Man begann gegen diesen Schandfleck auf der Ehre und dem Ruhm unserer hart erkämpften Unabhängigkeit planmäßig vorzugehen. General Robles führte das Kommando mit seiner wohlbekannten, rücksichtslosen Strenge. Auf beiden Seiten griff man zu grausamen Mitteln, und Pardon wurde nicht gegeben. Ich war in dem peruanischen Feldzug avanciert und war damals Kapitän des Stabes.

Gaspar Ruiz fand sich hart bedrängt; wir erfuhren von einem flüchtigen Priester, den man im Galopp aus seiner Dorfpfarrei achtzig Meilen weit in die Berge entführt hatte, damit er die Taufzeremonie vollziehe, daß ihm eine Tochter geboren sei. Vermutlich um das Ereignis zu feiern, vollbrachte Ruiz ein oder zwei glänzend durchgeführte Überfälle genau im Rücken unserer Truppen und vernichtete die Abteilungen, die wir ausgeschickt hatten, um ihm den Rückzug abzuschneiden. General Robles hatte vor Wut beinahe einen Schlaganfall. Er fand einen andern Grund, für die Schlaflosigkeit als die Moskitostiche; doch gegen diese, Señores, blieben ganze Humpen von reinem Brandy wirkungslos wie Wasser. Er begann mich wegen meines ›starken Mannes‹ zu hänseln und anzufahren. Und unsere Ungeduld, diesen unrühmlichen Krieg zu beenden, hatte, fürchte ich, zur Folge, daß wir jungen Offiziere alle waghalsig wurden und anfingen, uns blindlings in unnötige Gefahr zu stürzen.

Trotz all dem schlossen sich langsam, Zoll um Zoll, unsere Kolonnen rings um Gaspar Ruiz, obwohl er es fertiggebracht hatte, den ganzen Stamm der wilden Arauko-Indianer gegen uns aufzuwiegeln. Dann brachte, nach einem Jahr oder noch später, unsere Regierung durch ihre Agenten und Spione in Erfahrung, daß er im Begriff sei, mit Carreras, dem sogenannten Diktator der sogenannten Republik Mendoza, jenseits der Berge ein Bündnis einzugehen. Ob Gaspar Ruiz dabei eine tiefere politische Absicht hatte, oder ob er nur seinem Weib und Kind einen ungefährdeten Rückzug sichern wollte, während er selbst mit Überfällen und Metzeleien rücksichtslos seinen Krieg gegen uns fortführte – das kann ich nicht sagen. Das Bündnis war jedenfalls Tatsache. Da ihm ein Versuch, unser Vordringen von der See her aufzuhalten, mißlang, so zog er sich mit der gewohnten Schnelligkeit zurück, und bevor er zu einem neuen tollkühnen Schlag ausholte, schickte er seine Frau und das kleine Mädchen über das Pequenagebirge an die Küste von Mendoza.«

11.

»Nun war aber Carreras, unter der Maske eines liberalen Politikers, ein Schuft der schlimmsten Sorte, und der unglückliche Staat von Mendoza war eine Beute der Diebe, Räuber, Verräter und Mörder, die seine Partei bildeten. Äußerlich vornehm, hatte er weder Herz noch Mitgefühl, Ehre oder Gewissen. Tyrannische Herrschsucht war sein einziges Verlangen, und wenn er auch Gaspar Ruiz für seine nichtswürdigen Pläne hätte gebrauchen können, so kam er doch bald darauf, daß es für seine Zwecke dienlicher sei, der chilenischen Regierung entgegenzukommen. Ich schäme mich einzugestehen, daß er unserer Regierung den Vorschlag machte, unter gewissen Bedingungen das Weib und das Kind des

Mannes, der seinem Wort vertraut hatte, auszuliefern. Und daß dieser Vorschlag angenommen wurde.

Auf ihrem Weg nach Mendoza über den Pequenapaß wurden sie von ihrer Eskorte, die aus Carreras-Leuten bestand, verraten und dem kommandierenden Offizier eines chilenischen Forts im Hochland, am Fuß der Hauptkette der Kordilleren, übergeben. Dies grausame Vorgehen hätte mir teuer zu stehen kommen können, denn ich war gerade als Gefangener in Gaspar Ruiz' Händen, als er die Nachricht erhielt. Ich war während einer Rekognoszierung gefangengenommen worden; die wenigen Soldaten, die ich bei mir gehabt hatte, waren unter den Speer-würfen der Indianer seiner Leibwache gefallen. Vor dem gleichen Schicksal bewahrte mich nur der Umstand, daß er mich noch rechtzeitig erkannte. Meine Freunde hielten mich zweifellos für tot, und ich selbst hätte für mein Leben nicht viel gegeben. Doch der starke Mann behan-delte mich ausgezeichnet, weil ich, wie er sagte, stets an seine Unschuld geglaubt und ihm hatte helfen wollen, als er ein Opfer der Ungerechtig-keit war.

›Und nun‹, sagte er mir, ›sollen Sie sehen, daß ich immer die Wahrheit spreche. Sie sind in Sicherheit.‹

Ich hatte nicht das Gefühl, daß ich so ganz in Sicherheit sei, als ich eines Nachts zu ihm gerufen wurde. Er rannte wie ein wildes Tier auf und ab und schrie: ›Verraten! Verraten!‹

Dann kam er mit geballten Fäusten auf mich los. ›Ich könnte dir die Kehle durchschneiden.‹

›Wird dir das dein Weib wiederschaffen?‹ fragte ich ihn so ruhig wie möglich.

›Und das Kind!‹ brüllte er auf, wie verrückt. Er ließ sich in einen Sessel fallen und lachte, ein gräßlich wildes Lachen. ›O nein. Du bist sicher.‹

Ich versicherte ihm, daß auch das Leben seines Weibes nicht gefährdet sei; das eine aber, wovon ich fest überzeugt war, sagte ich ihm nicht. Daß er sie nie wiedersehen würde. Er wollte Krieg bis zum Tod. Und der Krieg konnte nur mit seinem Tod enden.

Er sandte mir einen sonderbaren, unerklärlichen Blick zu und mur-melte mechanisch vor sich hin: ›In ihren Händen. In ihren Händen.‹ Ich verhielt mich still, wie eine Maus vor der Katze.

Plötzlich sprang er auf. ›Was tu' ich hier?‹ schrie er. Dann riß er die Tür auf und brüllte den Befehl zum Satteln und Aufsitzen hinaus. ›Was ist denn?‹ stammelte er und kam auf mich zu. ›Das Pequenafort; ein Palisadenfort. Nichts. Ich würde sie wiederkriegen und wäre sie ganz zuunterst in den Bergen versteckt.‹ Zu meiner Verblüffung fügte er, mit sichtlicher Überwindung, hinzu: ›Ich habe sie in meinen Armen fortgetragen, als die Erde bebte. Und das Kind wenigstens gehört mir; das wenigstens gehört mir!‹

Das waren sonderbare Worte; doch zum Nachdenken hatte ich keine Zeit.

›Sie kommen mit mir‹, sagte er heftig. ›Ich muß vielleicht unterhandeln, und jedem andern Boten von Ruiz, dem Geächteten, würde man den Hals durchschneiden. ‹ Das war durchaus richtig. Zwischen ihm und dem Rest der empörten Menschheit konnte es nach ehrlichem Kriegsbrauch keine Verständigung mehr geben.

In weniger als einer halben Stunde waren wir im Sattel und rasten wild durch die Nacht. Er hatte nur eine Eskorte von zwanzig Mann bei sich, wollte jedoch keine Verstärkung abwarten, sondern sandte nur an Peneleo, den Indianerhäuptling, der gerade in den Vorbergen lagerte, die Botschaft, er solle mit seinen Kriegern ins Hochland kommen und bei dem ›Wasserauge‹ genannten See, an dessen Ufern das Pequenafort lag, zu ihm stoßen.

Wir kreuzten das Flachland mit der rastlosen Schnelligkeit, durch die Gaspar Ruiz' Ritte so berühmt waren und folgten den tieferen Tälern bis hinauf zu den steilen Wänden. Der Weg war nicht gefahrlos. An einer senkrechten Basaltwand mit scharfen Vorsprüngen zog sich die Straße hin wie ein schmales Gesims, bis wir endlich aus dem Düster einer tiefen Schlucht auf das Hochland von Pequena kamen.

Es war eine Ebene, mit hartem, grünem Gras und mageren, blühenden Büschen bestanden; doch hoch über uns lag Schnee in den Rissen und Spalten der mächtigen Felswände. Der kleine See war rund wie ein erstauntes Auge. Die Garnison des Forts war eben dabei, die kleine Viehherde einzutreiben, als wir auftauchten. Dann schlugen die großen Holztore zu, und die viereckige Umzäunung aus breiten altersschwarzen Bohlen starrte uns entgegen, schien nichts zu bergen als die strohgedeckten Hütten innerhalb, schien verlassen, leer, ohne eine menschliche Seele.

Doch als sie von einem Mann, der auf Gaspar Ruiz' Befehl furchtlos vorritt, aufgefordert wurden, sich zu ergeben, da antworteten die von drinnen mit einer Salve, die Pferd und Reiter zu Boden warf. Ich hörte, wie Gaspar Ruiz neben mir mit den Zähnen knirschte. ›Macht nichts‹, sagte er. ›Jetzt gehen Sie.‹ Wenn meine Uniform auch zerfetzt und fadenscheinig war, so wurden doch die Überbleibsel anerkannt, und man erlaubte mir, auf Sprechweite nahe zu kommen; und dann mußte ich warten, da durch eine Schießscharte laute Ausrufe freudiger Überraschung tönten und mich nicht zu Worte kommen ließen. Es war die Stimme des Majors Pajol, eines alten Freundes. Er hatte, wie meine anderen Kameraden, mich längst tot geglaubt.

›Gib deinem Gaul die Sporen, Mensch‹, brüllte er in höchster Aufregung, ›wir werden das Tor vor dir aufmachen.‹

Ich ließ die Zügel fallen und schüttelte den Kopf. ›Ich habe mein Wort gegeben‹, rief ich zurück.

›Dem dort‹, schrie er mit grenzenloser Verachtung.

›Er sichert euch das Leben zu.‹

›Unser Leben gehört uns. Und du, Santierra, willst uns raten, uns dem Rastrero zu ergeben?‹

›Nein‹, erwiderte ich. ›Aber er will sein Weib und Kind und kann euch vom Wasser abschneiden.‹

›Dann würden sie zuerst darunter leiden. Das kannst du ihm sagen. Schau her – das ist alles Unsinn; wir rennen hinaus und nehmen dich gefangen.‹

›Ihr sollt mich nicht lebend haben‹, sagte ich fest.

›Trottel!‹

›Um Gottes willen‹, fuhr ich hastig fort, ›macht das Tor nicht auf.‹ Dabei wies ich auf die Scharen von Peneleos Indianern, die sich an den Seeufern drängten.

Ich hatte nie so viele von diesen Wilden beisammen gesehen. Ihre Lanzen schienen zahlreich wie Grashalme. Und ihre rauhen Stimmen gaben ein wüstes, unbestimmtes Getöse, wie das Rauschen des Meeres.

Mein Freund Pajol fluchte vor sich hin. ›Gut also – geh zum Teufel!‹ brüllte er, außer sich. Als ich aber kehrtmachte, bereute er es offenbar, denn ich hörte ihn hastig sagen: ›Schießt dem Narren den Gaul nieder, bevor er sich fortmacht.‹

Er hatte gute Schützen. Zwei Schüsse krachten, und mitten in der Wendung strauchelte mein Pferd, stürzte und lag still, wie vom Blitz getroffen. Ich hatte die Füße aus den Bügeln heraus und rollte weit fort; doch machte ich keinen Versuch, mich zu erheben. Und die andern wieder wagten es nicht, vorzukommen und mich hineinzuholen.

Die Scharen der Indianer hatten sich gegen das Fort in Marsch gesetzt. Sie ritten in Haufen heran und ließen ihre langen ›chuzos‹ nachschleifen; dann saßen sie außer Schußweite ab, warfen ihre Pelzmäntel fort und gingen nackt zum Sturm vor, wobei sie im Takt mit den Füßen stampften und schrien. Dreimal brach eine Flammengarbe aus der Breitseite des Forts, ohne ihr stetes Vorrücken aufhalten zu können. Sie krochen gedrängt bis hart an die Palisaden und schwenkten ihre breiten Messer. Doch die Palisaden waren nicht in der üblichen Art mit Fellstreifen verbunden, sondern mit langen Eisenklammern, die sie nicht durchschneiden konnten. Und als sie sahen, daß ihre gewohnte Methode, sich Eingang zu erzwingen, fehlschlug, da brachen die Heiden, die so unbeirrt gegen das Gewehrfeuer angerückt waren, aus und flohen unter den Salven der Belagerten.

Sobald sie auf ihrem Vormarsch an mir vorbei waren, erhob ich mich und ging zu Gaspar Ruiz; er saß auf einem niederen Felsgrat, der die Ebene überragte. Das Feuer seiner eigenen Leute hatte den Sturm unterstützt, doch nun blies ein Trompeter, auf ein Zeichen von ihm, das Signal ›Feuer einstellen‹. Wir sahen schweigend die zügellose Flucht der Wilden mit an.

›Es muß also eine Belagerung werden‹, murmelte er. Und ich sah, wie er verstohlen die Hände rang.

Doch was für eine Belagerung konnte es werden? Ich brauchte ihm die Botschaft meines Freundes Pajol gar nicht auszurichten, da er es von selbst nicht wagte, dem Fort das Wasser abzuschneiden. Sie hatten Fleisch in Menge. Und hätte es ihnen daran gefehlt, so wäre er gewiß ängstlich bemüht gewesen, ihnen Lebensmittel zukommen zu lassen, wenn es in seiner Macht gestanden hätte. So aber waren wir es auf der Ebene, die unter dem Hunger zu leiden begannen.

Peneleo, der Indianerhäuptling, saß an unserem Feuer, in seinen weiten Mantel aus Guanacofellen gehüllt. Er war ein athletisch gebauter Mann, mit einem ungefügen Schädel, dessen riesiger Haarwulst an Form und Größe einem Bienenkorb glich, und mit mürrischen, scharfen Zügen. In seinem gebrochenen Spanisch wiederholte er immer wieder, knurrend, wie ein gereiztes Raubtier, daß seine Leute hineinstürmen und die Señora holen würden, wenn man eine auch noch so kleine Bresche in die Palisaden legen würde – sonst nicht.

Gaspar Ruiz saß ihm gegenüber und hielt den Blick unverwandt auf das Fort gerichtet, in grauenhafter, schweigender Unbeweglichkeit. Inzwischen erfuhren wir durch Läufer aus dem Tiefland, die fast täglich eintrafen, von der Niederlage eines seiner Leutnants im Maiputal. Ausgeschickte Späher brachten die Nachricht, daß eine Infanteriekolonne über entlegene Pässe zum Entsatz des Forts heranmarschiere. Sie kam langsam vorwärts, doch wir konnten ihr mühsames Vorrücken durch die tieferen Täler herauf verfolgen. Ich wunderte mich, daß Gaspar Ruiz nicht auszog, um diese bedrohliche Macht in irgendeiner dazu geeigneten Schlucht aus dem Hinterhalt zu überfallen und aufzureiben, wie es von einem genialen Guerillaführer zu erwarten gewesen wäre. Doch sein Genius schien ihn der Verzweiflung überlassen zu haben.

Ich sah bald ein, daß er sich vom Anblick des Forts nicht losreißen konnte. Ich versichere Ihnen, meine Herren, daß ich diesen machtlosen ›starken Mann‹ nicht ohne Mitleid ansehen konnte, wie er auf dem Felsen saß, gleichgültig gegen Sonne, Regen, Kälte, Wind, die Hände um die Beine gekrampft, das Kinn auf die Knie gestützt – und starr schaute – und schaute.

Und das Fort, auf das er die Augen gerichtet hielt, war still und regungslos wie er selbst. Die Besatzung gab kein Lebenszeichen. Sie erwiderte nicht einmal das wirkungslose Feuer, das auf die Schießscharten gerichtet wurde.

Eines Nachts, als ich hinter ihm vorbeiging, sprach er mich unerwartet an, ohne seine Stellung zu ändern. ›Ich habe um ein Geschütz geschickt‹, sagte er. ›Ich werde Zeit haben, sie zu befreien und abzuziehen, bevor euer Robles hier herauf geklettert ist.‹

Er hatte um ein Geschütz in die Ebene geschickt.

Es ließ lange auf sich warten, doch endlich kam es an. Es war ein siebenpfündiges Feldgeschütz. Es war abmontiert, über Kreuz an zwei lange Pfosten geschnürt und so zwischen zwei Maultieren gemächlich über die engen Wege heraufgebracht worden. Der wilde Triumphschrei, den er ausstieß, als er bei Tagesanbruch die Geschützmannschaft aus dem Tal auftauchen sah, tönt mir heute noch in den Ohren.

Doch, Señores, ich habe keine Worte, Ihnen seine Verblüffung, seine Wut, seinen verzweifelten Schmerz zu schildern, als er hörte, daß das mit der Lafette beladene Tragtier während des letzten Nachtmarsches aus irgendwelcher Ursache in einen Abgrund gestürzt war. Er tobte in Androhungen von Tod und Marter gegen die Eskorte. Ich ging ihm den ganzen Tag über aus dem Weg, lag hinter Büschen herum und wartete gespannt darauf, was er nun wohl tun werde. Es blieb ihm nur der Rückzug; doch er konnte nicht fort.

Unter mir sah ich seinen Artilleristen Jorge, einen alten spanischen Soldaten, wie er aus gehäuften Sätteln eine Art Unterlage baute. Auf diese wurde das geladene Geschütz gehoben, doch beim Abfeuern brach das ganze Zeug zusammen, und der Schuß ging hoch über die Palisaden.

Es wurde kein weiterer Versuch gemacht. Eines der Munitionstragtiere war ebenfalls verlorengegangen, und sie hatten nur sechs Schuß zu verfeuern; reichlich genug, das Tor niederzulegen, vorausgesetzt, daß das Geschütz gut gerichtet war. Dies aber war unmöglich, solange eine passende Unterlage fehlte. Man hatte weder die Zeit noch die Mittel, eine Lafette zu konstruieren. Ich erwartete jeden Augenblick das Echo von Robles' Signalhörnern aus den Felsen zu hören.

Peneleo wanderte bedrückt herum, in seine Felle gehüllt, setzte sich einen Augenblick zu mir und knurrte mir die alte Geschichte vor.

›Macht eine Entrada – ein Loch. Wenn ein Loch machen, *bueno*. Wenn kein Loch machen, dann *vamos* – wir fortgehen müssen!‹

Nach Sonnenuntergang bemerkte ich mit Überraschung, daß die Indianer Vorbereitungen trafen, als wollten sie nochmals stürmen. Sie standen in geordneten Reihen im Schatten der Berge. Auf der Ebene, gegenüber dem Tor des Forts, sah ich eine Gruppe von Leuten, die sich auf einem Fleck drängten.

Ich ging unbeachtet von dem Felsen herunter. In der dünnen Hochlandsluft schien der Mond taghell, doch die tiefen Schatten verwirrten den Blick, und ich konnte nicht erkennen, was sie vorhatten. Ich hörte die Stimme Jorges, des Artilleristen, der in eigentümlich zweifelndem Ton sagte: ›Es ist geladen, Señor.‹

Dann sprach eine andere Stimme in der Gruppe fest die Worte: ›Bringt die Riata her!‹ Es war die Stimme von Gaspar Ruiz.

Es entstand ein Schweigen, in das die Schüsse aus dem Fort scharf hineinkrachten. Auch von drinnen hatte man die Gruppe bemerkt. Doch die Entfernung war zu groß. Und während die Kugeln zischend den Boden aufwühlten, öffnete sich die Gruppe, schloß sich, schwankte, so daß ich in ihrer Mitte Augenblicke lang emsig beschäftigte Gestalten sehen konnte. Ich kroch näher, im Zweifel, ob es nicht ein teuflisches Blendwerk, ein lebhafter und sinnloser Traum sei.

Eine merkwürdig gepreßte Stimme kommandierte: ›Zieht die Knoten fester.‹

›Si, Señor‹, antworteten mehrere andere Stimmen im Ton dienstfertiger Ergebenheit.

Dann sagte die gepreßte Stimme: ›So, ja. Ich muß atmen können!‹

Dann gab es ein heftiges Stimmengewirr. ›Helft ihm auf, *hombres*. Halt! Unter dem andern Arm.‹

Die dumpfe Stimme befahl: › *Bueno!* Tretet weg von mir, Leute.‹

Ich bahnte mir einen Weg durch den umgebenden Kreis und hörte nochmals dieselbe erdrückte Stimme eindringlich sagen: ›Vergiß, daß ich ein lebender Mensch bin, Jorge. Vergiß mich ganz und denk nur daran, was du zu tun hast.‹

›Keine Angst, Señor. Ihr seid mir nichts als eine Lafette, und ich werde keinen Schuß vergeuden.‹

Ich hörte das Knattern einer Zündbüchse und roch den Salpeter der Lunte. Plötzlich sah ich vor mir eine unbestimmte Form, auf allen vieren, wie ein Tier, doch mit einem Menschenkopf; dieser beugte sich unter einem Rohr, das vom Genick aus überragte; auf dem Rücken glänzte eine runde Bronzemasse.

Inmitten eines schweigenden Halbkreises von Leuten hockte dieses Wesen allein da; dahinter standen reglos Jorge und ein Hornist, die Trompete in der Hand.

Jorge beugte sich nieder und murmelte, die Lunte in der Hand: ›Einen Zoll nach links, Señor. Zuviel. So. Jetzt, wenn Ihr Euch ein wenig auf die Ellbogen niederlassen wollt, dann will ich …‹

Er sprang beiseite, sengte die Lunte – und ein Feuerstrahl brach aus der Mündung des Geschützes, das auf des Mannes Rücken geschnallt war.

Dann ließ sich Gaspar Ruiz langsam zu Boden. ›Guter Schuß?‹ fragte er.

›Volltreffer, Señor!‹

›Dann lade noch einmal!‹

Da lag er vor mir auf der Brust, unter der ungeheuren Last dunkelschimmernder Bronze, unter einer Last, wie sie in der kläglichen Geschichte der Welt noch keines Mannes Liebe und Stärke je zu tragen gehabt hatte. Seine Arme waren ausgebreitet, und er nahm sich auf dem mondhellen Grund wie ein reuig hingestreckter Büßer aus.

Wieder sah ich ihn auf Hände und Knie erhoben, die Leute traten weg von ihm, und der alte Jorge beugte sich und visierte über das Rohr.

›Links ein wenig. Rechts einen Zoll. *Por Dios*, Señor, hört mit dem Zittern auf. Wo ist Eure Stärke?‹

Die Stimme des alten Artilleristen war heiser vor Erregung. Er trat weg und brachte schnell wie der Blitz die Lunte ans Zündloch.

›Ausgezeichnet!‹ schrie er, mit Tränen in der Stimme; doch Gaspar Ruiz blieb lange Zeit flach hingestreckt und stumm liegen.

›Ich bin müde‹, murmelte er endlich. ›Wird's der nächste Schuß tun?‹

›Zweifellos‹, sagte Jorge hart an seinem Ohr.

›Dann – laden!‹ hörte ich ihn deutlich murmeln. ›Trompeter!‹

›Ich bin hier, Señor, und warte auf Euren Befehl.‹

›Auf diesen Befehl blas mir einen Ruf, den man von einem Ende von Chile zum andern hören soll‹, sagte er mit außerordentlich starker Stimme. ›Und ihr andern macht euch fertig, die verfluchte Riata durchzuschneiden. Denn dann wird es Zeit sein, daß ich euch beim Sturm anführe. Nun hebt mich auf, und du, Jorge – beeile dich mit dem Richten.‹

Das Knattern von Gewehrfeuer aus dem Fort übertönte fast seine Stimme. Die Palisade war in Rauch und Flammen gehüllt.

›Braucht Eure Kraft, um Euch gegen den Rückstoß zu stemmen, *mi amo*‹, sagte der alte Artillerist unsicher. ›Grabt die Finger in den Boden. So. Jetzt!‹

Ein Jubelschrei entfuhr ihm nach dem Schuß. Der Hornist hob die Trompete fast bis zu den Lippen und wartete. Doch kein Wort kam von dem hingestreckten Mann. Ich ließ mich auf ein Knie nieder und hörte alles, was er noch zu sagen hatte.

›Was gebrochen‹ flüsterte er, hob den Kopf ein wenig und wandte mir aus seiner hilflos verkrümmten Stellung die Augen zu.

›Das Tor hängt nur noch an Splittern‹, brüllte Jorge.

Gaspar Ruiz versuchte zu sprechen, doch die Stimme erstarb ihm in der Kehle, und ich half das Geschützrohr von seinem zerbrochenen Rücken wegrollen. Er schien gefühllos.

Ich hielt natürlich den Mund. Das Angriffssignal für die Indianer wurde nie gegeben. Statt dessen erdröhnte plötzlich der Hornruf der Ersatztruppen, nach dem ich mich so lang gesehnt hatte, für unsere überraschten Feinde furchtbar wie die Posaune des Jüngsten Gerichts.

Ein Tornado, Señores, ein wahrer Orkan stampfender Leute, wilder Pferde, berittener Indianer fegte über mich weg, während ich auf dem Boden kauerte, an der Seite von Gaspar Ruiz, der noch immer auf dem

Gesicht in Kreuzesform ausgestreckt lag. Peneleo, der ums Leben galoppierte, stieß im Vorbeireiten mit seinem langen *chuzo* nach mir – aus alter Bekanntschaft, denke ich. Wie ich den schwirrenden Kugeln auswich, ist schwer zu erklären. Als ich es mir einfallen ließ, mich zu früh zu erheben, da hätten mich Soldaten vom 17. Taltalregiment, in ihrer blinden Wut, an irgend etwas Lebendes zu kommen, fast auf dem Fleck mit Bajonetten erstochen. Sie schienen arg enttäuscht, als einige Offiziere heransprengten und sie mit flacher Klinge zurücktrieben.

Es war General Robles mit seinem Stab. Er wünschte unbedingt einige Gefangene zu machen. Auch er schien einen Augenblick lang enttäuscht. ›Was! Sie sind das?‹ schrie er. Doch dann stieg er gleich ab, um mich zu umarmen, denn er war ein alter Freund meiner Familie.

Ich wies auf den Körper zu unseren Füßen und sagte nur die zwei Worte:

›Gaspar Ruiz!‹

Er warf vor Erstaunen die Arme hoch.

›Aha! Ihr starker Mann! Sie waren bis zuletzt bei Ihrem starken Mann. Das macht nichts. Er rettete uns das Leben, als die Erde bebte, genug, um dem Tapfersten die Besinnung zu rauben. Ich war toll vor Angst. Aber er – nein! *Que guape!* Wo ist der Held, der ihn untergekriegt hat? Ha! ha! ha! Was hat ihn umgebracht, *chico*‹?

›Seine eigene Stärke, General‹, antwortete ich.«

12.

»Doch Gaspar Ruiz atmete noch. Ich ließ ihn in seinem Poncho in den Schutz einiger Büsche tragen, auf ebenden Felsen, von dem aus er so starr auf das Fort geblickt hatte, während ungesehen der Tod bereits sein Haupt umwehte.

Unsere Truppen hatten rings um das Fort biwakiert. Ich war nicht überrascht, als ich gegen Tagesanbruch erfuhr, daß ich zum Kommandanten einer Eskorte ausersehen sei, die einen Gefangenen sofort nach Santiago hinunterbringen sollte. Natürlich war dieser Gefangene Gaspar Ruiz' Weib.

›Ich habe Sie gewählt mit Rücksicht auf ihre Gefühle‹, bemerkte General Robles, ›obwohl man ja eigentlich die Frau für alles, was sie der Republik angetan hat, erschießen sollte.‹

Und als ich eine Bewegung entrüsteten Widerspruchs machte, fuhr er fort:

›Nun, da er so gut wie tot ist, hat sie keine Bedeutung mehr, niemand wird wissen, was mit ihr anfangen. Immerhin, die Regierung will sie haben.‹ Er zuckte die Schultern. ›Ich denke, er muß große Mengen seiner Beute an Plätzen verborgen haben, die nur sie allein kennt.‹

Im Morgengrauen sah ich sie den Felsen heraufkommen, von zwei Soldaten bewacht, ihr Kind auf dem Arm.

Ich schritt ihr entgegen.

›Lebt er noch?‹ fragte sie und wandte mir das weiße, teilnahmslose Gesicht zu, zu dem er mit solcher Anbetung aufzublicken pflegte.

Ich beugte den Kopf und führte sie wortlos um eine Buschgruppe herum. Seine Augen waren offen. Er atmete schwer und sprach mit großer Anstrengung ihren Namen aus.

›Erminia!‹

Sie kniete ihm zu Häupten nieder. Das kleine Mädchen, unbekümmert um ihn, sah mit großen Augen umher und begann plötzlich mit froher, heller Stimme zu plappern. Sie wies mit den Fingerchen auf die rosigen Gluten des Sonnenaufgangs hinter den schwarzen Formen der Grate. Und während dieses Kinderlallen, unverständlich und lieblich, fortwährte, blieben die beiden, der sterbende Mann und die kniende Frau, in Schweigen versunken, sahen einander in die Augen und lauschten dem zarten Klang. Dann verstummte das Plaudern. Das Kind legte den Kopf an die Brust der Mutter und war still.

›Es war für dich‹, begann er. ›Vergib.‹ Die Stimme brach ihm. Dann hörte ich ein Flüstern und erhaschte die Worte: ›Nicht stark genug.‹ Sie sah ihn tief eindringlich an. Er versuchte zu lächeln und wiederholte unterwürfig: ›Vergib. Ich verlasse dich ...‹

Sie beugte sich nieder, tränenlos, und sagte mit fester Stimme: ›Auf der ganzen Welt habe ich nichts geliebt als dich, Gaspar!‹

Sein Kopf bewegte sich, seine Augen lebten auf. ›Endlich!‹ seufzte er. Dann ängstlich: ›Doch ist das wahr ..., ist das wahr?‹

›So wahr, wie es keine Gnade und Gerechtigkeit in dieser Welt gibt‹, antwortete sie leidenschaftlich. Sie beugte sich über sein Gesicht. Er versuchte den Kopf zu heben, doch er sank zurück, und als sie seine Lippen küßte, war er schon tot. Seine gebrochenen Augen starrten zum Himmel auf, an dem, ganz hoch, rosige Wolken hintrieben. Und ich sah, wie die Augenlider des Kindes, das an der Mutter Brust geschmiegt war, sich langsam senkten und schlossen. Es war eingeschlafen.

Die Witwe von Gaspar Ruiz, dem starken Mann, erlaubte mir sie fortzuführen, ohne eine Träne zu vergießen.

Für die Reise hatten wir für sie einen Reitsattel hergerichtet, fast wie ein Sessel, mit einem Trittbrett für die Füße. Den ersten Tag über ritt sie, ohne ein Wort zu sprechen; kaum, daß sie einen Moment lang die Augen von dem kleinen Mädchen abwandte, das sie auf den Knien hielt. An unserem ersten Lagerplatz sah ich sie während der Nacht umherwandern; sie wiegte das Kind in den Armen und blickte im Mondlicht darauf hinab. Nach dem Aufbruch zu unserem zweiten Tagmarsch fragte sie mich, wann wir zum ersten Dorf des bewohnten Landes kommen würden.

Ich sagte ihr, daß wir um Mittag dort sein würden.

›Und werden Frauen dort sein?‹ erkundigte sie sich.

Ich sagte ihr, daß es ein großes Dorf sei. ›Es werden Männer und Frauen dort sein, Señora‹, sagte ich, ›deren Herzen froh werden sollen bei der Nachricht, daß es nun vorbei ist mit Unruhe und Krieg.‹

›Ja, es ist jetzt alles vorbei‹, wiederholte sie. Dann nach einer Pause: ›Señor Offizier, was wird Eure Regierung mit mir tun?‹

›Ich weiß es nicht, Señora‹, gab ich zurück. ›Man wird Euch zweifellos gut behandeln. Wir Republikaner sind keine Wilden und rächen uns nicht an Frauen.‹

Bei dem Wort ›Republikaner‹ warf sie mir einen Blick zu, der mir voll unauslöschlichen Hasses schien. Doch als wir etwa eine Stunde später anhielten, um die Gepäcktiere auf einem engen Weg vorauszulassen, der sich längs eines Felssturzes hinzog, da wandte sie mir ein so weißes, verstörtes Gesicht zu, daß ich starkes Mitleid mit ihr fühlte.

›Señor Offizier‹, sagte sie. ›Ich bin schwach, ich zittere. Es ist eine sinnlose Furcht.‹ Und in der Tat, ihre Lippen zitterten, während sie zu lächeln versuchte und auf den Beginn der engen Wegstelle blickte, die schließlich nicht so gefährlich war. ›Ich habe Angst, daß ich das Kind fallen lasse. Gaspar hat Euch das Leben gerettet, denkt daran … Nehmt es mir ab.‹

Ich nahm das Kind aus ihren ausgestreckten Armen. ›Schließt die Augen, Señora, und vertraut Eurem Maultier‹, empfahl ich ihr.

Das tat sie – und ihre Blässe und das verwüstete, magere Gesicht gaben ihr das Aussehen einer Toten. Bei der Wegbiegung, wo ein Felsvorsprung aus dunkelrotem Porphyr den Ausblick auf das Tiefland hemmt, sah ich sie die Augen öffnen. Ich ritt knapp hinter ihr und hielt im rechten Arm das kleine Mädchen. ›Dem Kind geht es gut‹, rief ich ermutigend.

›Ja‹, antwortete sie schwach; und dann sah ich, zu meinem namenlosen Entsetzen, wie sie sich auf das Trittbrett stellte, mit grauenhaft stierem Blick, und sich vorwärts in den Abgrund zu unserer Rechten stürzte.

Ich kann Ihnen die plötzliche, kriechende Angst nicht beschreiben, die mich bei diesem furchtbaren Anblick befiel. Es war Angst vor dem Abgrund, vor den Klippen, die nach mir zu greifen schienen. Der Kopf schwindelte mir. Ich preßte das Kind an mich und verhielt mein Pferd. Ich war sprachlos und fror am ganzen Leibe. Ihr Maultier strauchelte, drückte sich seitwärts an den Felsen und ging dann weiter. Mein Pferd richtete nur mit kurzem Schnauben die Ohren auf. Mein Herz stand still, und das Tosen der Steine aus den Tiefen des Abgrunds, im Bett des Wildbachs, machte mich fast verrückt.

Im nächsten Augenblick waren wir um den Vorsprung herum, auf einem breiten, grasigen Hang. Und dann schrie ich. Meine Leute kamen in höchster Aufregung zu mir zurückgerannt. Es scheint, daß ich zunächst nur brüllte: ›Sie hat das Kind in meine Hände gegeben! Sie hat das Kind in meine Hände gegeben!‹ Die Eskorte dachte, ich sei irrsinnig geworden.«

General Santierra brach ab und stand vom Tisch auf. »Und das ist alles, Señores«, schloß er mit einem höflichen Blick auf die Gäste, die sich erhoben.

»Doch was ist aus dem Kind geworden, General?« fragten wir.

»Ah, das Kind, das Kind.«

Er schritt zu einem der Fenster, die nach seinem herrlichen Garten gingen, der Zuflucht seiner alten Tage.

Der Garten war berühmt im Land. Er hielt uns mit ausgestrecktem Arm zurück, rief hinaus »Erminia! Erminia!« und wartete. Dann sank sein abwehrender Arm nieder, und wir drängten uns ans Fenster.

Unter einer Baumgruppe hervor war eine Frau auf den breiten, mit Blumen eingefaßten Weg getreten. Wir konnten das Rauschen ihrer gestärkten Röcke hören und sahen die altmodisch gebauschte schwarzseidene Schürze. Sie blickte auf, und als sie all die vielen Augen auf sich gerichtet fühlte, hielt sie an, runzelte die Stirn, lächelte und drohte dem General, der sich vor Lachen schüttelte, mit dem Finger; dann zog sie das schwarze Spitzentuch über den Kopf, um wenigstens teilweise ihr hoheitsvolles Profil zu verdecken, und entschwand mit steifer Würde unseren Blicken.

»Nun haben Sie den Schutzengel des alten Mannes gesehen – sie, der alles zu verdanken ist, was mein Heim hübsch und bequem macht. Ich habe nie geheiratet, Señores. Ich weiß nicht wieso, denn die Flamme der Liebe wurde frühzeitig in meiner Brust entzündet. Und vielleicht sind deswegen die Funken des heiligen Feuers hier noch nicht erstorben.« Er schlug sich auf die breite Brust. »Noch lebendig, noch lebendig«, sagte er mit komisch ernstem Pathos. »Doch nun werde ich nicht mehr heiraten. Sie ist General Santierras Adoptivtochter und Erbin.«

Einer der andern Gäste, ein junger Seeoffizier, beschrieb sie später als eine ›kurze, gedrungene, alte Jungfer um die Vierzig‹. Wir alle hatten bemerkt, daß ihr Haar ergraut war und daß sie wunderschöne schwarze Augen hatte.

»Und«, fuhr General Santierra fort, »auch sie wollte nie davon hören, jemand zu heiraten. Ein rechtes Unglück! Gut, geduldig, mir altem Mann ergeben. Eine einfache Seele. Doch ich wollte keinem von Ihnen raten, um ihre Hand zu bitten, denn wenn sie sie in die ihre nähme, so wäre es nur, um Ihnen die Knochen zu zerdrücken. Ah! Darin versteht sie keinen Spaß. Und sie ist die rechte Tochter ihres Vaters, des starken Mannes, der an seiner eigenen Stärke zugrunde ging: an der Stärke seines Leibes, seiner Einfalt – seiner Liebe!«

Erzählungen aus dem Biedermeier

Biedermeier - das klingt in heutigen Ohren nach langweiligem Spießertum, nach geschmacklosen rosa Teetässchen in Wohnzimmern, die aussehen wie Puppenstuben und in denen es irgendwie nach »Omma« riecht.

Zu Recht. Aber nicht nur.

Biedermeier ist auch die Zeit einer zarten Literatur der Flucht ins Idyll, des Rückzuges ins private Glück und der Tugenden. Die Menschen im Europa nach Napoleon hatten die Nase voll von großen neuen Ideen, das aufstrebende Bürgertum forderte und entwickelte eine eigene Kunst und Kultur für sich, die unabhängig von feudaler Großmannssucht bestehen sollte.

Georg Büchner Lenz **Karl Gutzkow** Wally, die Zweiflerin **Annette von Droste-Hülshoff** Die Judenbuche **Friedrich Hebbel** Matteo **Jeremias Gotthelf** Elsi, die seltsame Magd **Georg Weerth** Fragment eines Romans **Franz Grillparzer** Der arme Spielmann **Eduard Mörike** Mozart auf der Reise nach Prag **Berthold Auerbach** Der Viereckig oder die amerikanische Kiste

ISBN 978-3-8430-1884-5, 444 Seiten, 29,80 €

Erzählungen aus dem Biedermeier II

Annette von Droste-Hülshoff Ledwina **Franz Grillparzer** Das Kloster bei Sendomir **Friedrich Hebbel** Schnock **Eduard Mörike** Der Schatz **Georg Weerth** Leben und Taten des berühmten Ritters Schnapphahnski **Jeremias Gotthelf** Das Erdbeerimareili **Berthold Auerbach** Lucifer

ISBN 978-3-8430-1885-2, 440 Seiten, 29,80 €

Erzählungen aus dem Biedermeier III

Eduard Mörike Lucie Gelmeroth **Annette von Droste-Hülshoff** Westfälische Schilderungen **Annette von Droste-Hülshoff** Bei uns zulande auf dem Lande **Berthold Auerbach** Brosi und Moni **Jeremias Gotthelf** Die schwarze Spinne **Friedrich Hebbel** Anna **Friedrich Hebbel** Die Kuh **Jeremias Gotthelf** Barthli der Korber **Berthold Auerbach** Barfüßele

ISBN 978-3-8430-1886-9, 452 Seiten, 29,80 €